Bianca

Un corazón inalcanzable
Kate Hewitt

HARLEQUIN™

Editado por HARLEQUIN IBÉRICA, S.A.
Núñez de Balboa, 56
28001 Madrid

© 2010 Kate Hewitt. Todos los derechos reservados.
UN CORAZÓN INALCANZABLE, N.º 2052 - 19.1.11
Título original: The Bride's Awakening
Publicada originalmente por Mills & Boon®, Ltd., Londres.

I.S.B.N.: 978-84-671-9580-4
Depósito legal: B-42776-2010
Editor responsable: Luis Pugni
Preimpresión y fotomecánica: M.T. Color & Diseño, S.L.
C/ Colquide, 6 portal 2 - 3º H. 28230 Las Rozas (Madrid)
Impresión y encuadernación: LITOGRAFÍA ROSÉS, S.A.
C/ Energía, 11. 08850 Gavá (Barcelona)
Fecha impresion para Argentina: 18.7.11
Distribuidor exclusivo para España: LOGISTA
Distribuidor para México: CODIPLYRSA
Distribuidores para Argentina: interior, BERTRAN, S.A.C. Vélez
Sársfield, 1950. Cap. Fed./ Buenos Aires y Gran Buenos Aires,
VACCARO SÁNCHEZ y Cía, S.A.
Distribuidor para Chile: DISTRIBUIDORA ALFA, S.A.

Capítulo 1

VITTORIO Ralfino, conde de Cazlevara, entró en el castillo de San Stefano y buscó entre los invitados a la mujer con la que pensaba casarse. No la había visto en dieciséis años... o si la había visto no se había fijado, pero pensaba casarse con ella.

No era fácil encontrar a Anamaria Viale entre las elegantes mujeres que circulaban por el salón, iluminado por grandes lámparas de araña. Lo único que recordaba de cuando la vio en el funeral de su madre era una cara triste y una larga melena oscura. Entonces Anamaria tenía trece años.

La foto de la revista no le daba mucha más información, sólo que tenía bonitos dientes. Pero su aspecto físico no le interesaba demasiado. Anamaria Viale poseía las cualidades que él estaba buscando en una esposa: lealtad, buena salud y un amor compartido por aquella tierra. El viñedo de la familia Viale se uniría al suyo y juntos dirigirían un imperio y crearían una dinastía. Nada más importaba.

Impaciente, Vittorio se adentró en el salón medieval, notando las miradas de curiosidad de los vecinos y conocidos. Oyó los murmullos especulativos y supo que él era el tema de conversación. Sólo había vuelto a Veneto en un par de ocasiones durante los últimos quince años porque su intención había sido marcharse de aquel sitio lleno de amargos recuerdos. Como un niño herido, se había alejado del dolor de su pasado, pero ahora era un hombre y estaba de vuelta en casa para encontrar una esposa.

–¡Cazlevara! –alguien le dio una palmadita en la espalda, poniendo luego una copa de vino en su mano–. Tienes que probarlo. Es el nuevo tinto de Busato, hecho con una mezcla de uvas, *vinifera* y *molinara*. ¿Qué te parece?

Vittorio respiró el fragante aroma del vino antes de tomar un sorbo, moviendo el líquido en su boca durante unos segundos.

–Es bueno –respondió. Pero no quería empezar una discusión sobre las bondades de la mezcla de uvas o si Busato, una pequeña región vitivinícola de la zona, podría ser competencia para Castillo Cazlevara, su propia bodega y la mejor de la zona. Lo único que quería era encontrar a Anamaria.

–¿Has decidido volver a casa? ¿Vas a seguir con el vino?

Vittorio miró al hombre que hablaba con él, Paolo Prevafera, un colega de su padre. Sus redondas mejillas estaban coloradas y sonreía con la simpatía de un buen amigo, aunque en sus ojos había un brillo interrogante.

–Nunca he dejado de dedicarme al vino, Paolo. Castillo Cazlevara produce novecientas mil botellas al año.

–Mientras estabas de viaje por el mundo...

–Eso se llama marketing –Vittorio se dio cuenta de que hablaba entre dientes y sonrió para disimular–. Pero sí, he decidido volver a casa.

A casa, para evitar que su hermano Bernardo se gastara los beneficios de la bodega. A casa, para evitar que su traidora madre le arrebatase lo que era suyo y de sus herederos.

Al pensar eso, su sonrisa forzada se volvió genuina.

–¿Has visto a Anamaria Viale?

Era demasiado impaciente y lo sabía. Cuando tomaba una decisión no esperaba un segundo. Había decidido casarse con Anamaria una semana antes, pero ya le parecía una eternidad. Quería que el viñedo Viale se uniera a los suyos, quería que ella se uniera a él, en su cama, a su lado, como su esposa.

Paolo sonrió y Vittorio hizo un esfuerzo por devolverle la sonrisa. Sabía que habría rumores, especulaciones, cotilleos.

–Tengo que hacerle una pregunta –le explicó, encogiéndose de hombros.

–Estaba frente a la chimenea hace un momento. ¿Cómo es posible que no la hayas visto?

Vittorio no entendió a qué se refería hasta que se acercó a la chimenea. Bajo una enorme cabeza de jabalí montada sobre la piedra había un grupo de hombres tomando sorbos de vino y charlando. Al menos, había pensado que eran todos hombres. Pero cuando se fijó mejor vio que la figura alta en medio de todos ellos era una mujer.

Anamaria.

Vittorio apretó los labios al ver a quien iba a ser su mujer. Llevaba un traje de chaqueta de aspecto caro pero demasiado ancho para ella, el largo pelo oscuro, sujeto con un prendedor, tan espeso y largo como una cola de caballo.

Las mujeres con las que solía acostarse eran delgadas, incluso frágiles. Pero Anamaria no era nada de eso. Tampoco era gruesa, en absoluto. De huesos grandes diría más bien, aunque su madre la habría llamado gorda.

Tuvo que apretar los labios al pensar en su madre.

Estaba deseando ver su expresión cuando le dijera que iba a casarse. Bernardo, su hijo favorito, aunque era un idiota, jamás heredaría la fortuna de los Cazlevara. Los planes de su madre, unos planes que había ido urdiendo desde la lectura del testamento de su padre, no llegarían a ningún sitio.

Iba a casarse y el aspecto de su futura esposa no tenía la menor importancia. Él no quería una mujer guapa. Las mujeres guapas como su madre nunca estaban satisfechas y siempre querían más. Había dejado a su última amante en Río de Janeiro haciendo pucheros porque quería más tiempo, más dinero, incluso amor. Vittorio le había dicho que no volverían a verse.

Anamaria, estaba seguro, aceptaría lo que le ofreciese y se sentiría agradecida. Y eso era exactamente lo que él buscaba: una esposa, una humilde y agradecida esposa, el accesorio más importante que podía poseer un hombre.

Anamaria Viale era una mujer muy alta y fuerte que seguramente no estaría acostumbrada a la atención de los hombres. Y Vittorio anticipó su ilusión cuando el conde de Cazlevara la buscase.

De modo que dio un paso adelante y sonrió, sabiendo el efecto que esa sonrisa ejercía en las mujeres.

–Anamaria –la llamó.

Ella se volvió, mirándolo con cara de total perplejidad. Y luego sonrió, una sonrisa frágil y trémula que iluminó sus facciones durante un minuto. Vittorio le devolvió la sonrisa, incluso estuvo a punto de reír. Aquello iba a ser tan fácil, pensó.

Pero entonces Anamaria dio un paso atrás y la sonrisa se convirtió en una mueca de... ¿desdén? Vittorio estaba intentando entender el repentino cambio de actitud cuando ella dijo:

–Hola, *signor* Ralfino –tenía la voz casi tan ronca como un hombre, pensó, un poco disgustado.

Aunque no había nada desagradable en sus facciones: cejas rectas, una nariz proporcionada, ojos de color gris oscuro, bonitos dientes. No era fea en absoluto, sencillamente no era guapa.

Vittorio le ofreció entonces su mejor sonrisa, la que destacaba el hoyito en su mejilla, decidido a ganarse el corazón de aquella solterona. Una mujer como Anamaria agradecería cualquier atención, estaba seguro.

–Deja que sea el primero en decirte lo guapa que estás esta noche.

Ella levantó una ceja, sin dejar de mirarlo con algo que parecía desagrado. Aunque no podía ser, era imposible.

–Desde luego, sería el primero.

Vittorio tardó un momento en entender la ironía. No podía creer que estuviera riéndose de él y de sí misma. Incómodo, alargó una mano para tomar la de Anamaria con intención de llevársela a los labios.

Los hombres que estaban a su alrededor habían dado un paso atrás, pero Vittorio sabía que observaban la escena con atención. Su primer encuentro con Anamaria no iba como había esperado.

–¿A qué le debo este placer? –le preguntó ella–. Creo que no nos habíamos visto en más de una década.

–Sencillamente, me alegro de volver a casa y de estar entre mujeres guapas.

Anamaria emitió un bufido... literalmente, emitió un bufido de contrariedad o burla, y Vittorio tuvo que revisar su opinión sobre aquella chica.

–Veo que ha aprendido palabras amables en sus viajes por el mundo. Demasiado amables.

Y, después de decir eso, se dio la vuelta, dejándolo de una pieza.

Vittorio se quedó inmóvil, perplejo. Anamaria Viale lo había despreciado delante de todo el mundo.

Sintió las miradas de curiosidad, incluso vio algunas sonrisas, y supo que lo habían puesto en su sitio como si fuera un niño malo al que la profesora había querido castigar.

La inevitable conclusión era que su encuentro con Anamaria había sido un fracaso.

Había pensado pedirle que se casara con él, si no esa misma noche, en unos días, porque cuando decidía algo lo llevaba a cabo de inmediato. No tenía ni tiempo ni paciencia para emociones y, francamente, había pensado que con Anamaria sería muy fácil.

Pero estaba equivocado.

Después de leer el artículo sobre ella, y ver su fotografía, había pensado que agradecería sus atenciones. Anamaria era una mujer soltera a punto de cumplir los treinta años y su proposición debería ser un regalo inesperado y bienvenido para ella. Tal vez incluso un milagro.

Pero, por lo visto, había sido demasiado arrogante. Conquistar a Anamaria Viale no iba a ser fácil como pensaba.

Vittorio sonrió. Daba igual, le gustaban los retos. Aunque había cierta prisa. Tenía treinta y siete años y necesitaba una esposa y un heredero lo antes posible.

Pero tenía una semana o dos para conquistarla. No estaba interesado en enamorarla, al contrario, sólo quería que se casara con él. No había otra candidata y estaba decidido a que fuera suya.

Pero había actuado como un tonto y estaba molesto consigo mismo por pensar que una mujer, cualquier mujer, podía ser encandilada con tan poco esfuerzo.

La próxima vez que viese a Anamaria Viale ella le sonreiría porque no podría evitarlo. La próxima vez que se vieran sería en sus términos.

Anamaria se alejó del arrogante conde de Cazlevara, perpleja. ¿Por qué demonios se habría acercado a ella? Aunque habían sido vecinos durante años, llevaba mucho tiempo sin verlo. Y antes, cuando se veían, jamás le había dicho más de dos palabras. Pero ahora, de repente, aparecía diciéndole esos ridículos cumplidos...

Mujeres guapas. Anamaria no era una de ellas y lo sabía. Nunca sería guapa, se lo habían dicho muchas veces. Era demasiado alta, de huesos grandes, demasiado masculina. Su voz era ronca, sus manos y sus pies demasiado grandes, todo en ella era más bien torpe y poco femenino, nada atractivo para hombres como Vittorio Cazlevara, que salía con modelos y actrices guapísimas.

Había visto las fotografías en las revistas, aunque las miraba con disimulo, por curiosidad. Y porque sentía celos, si debía ser sincera consigo misma. Sentía celos de aquellas mujeres tan delgadas, tan femeninas, como las chicas con las que había ido al colegio, que se ponían esos vestidos cortos y escotados que ella no podría ponerse nunca. Y Vittorio lo sabía. Un segundo antes de que hablase lo había visto en sus ojos: un brillo de desdén, casi de desprecio.

Ella conocía esa mirada porque la había visto en los ojos de Roberto cuando intentó que la amase, que la deseara. No había sido así.

Y lo había visto en los ojos de otros hombres. Ella no era lo que buscaban en una mujer y Ana se había acostumbrado. Armada con trajes de chaqueta y una actitud práctica y sensata, las mejores armas que podía tener una mujer, decidió que no le importaba. Y, sin embargo, la mirada de desdén de Vittorio Cazlevara le había dolido en el alma. Tontamente, se había alegrado al verlo, pensando que se acordaba de ella...

¿Por qué había intentado halagarla con ese ridículo cumplido? ¿Habría querido mostrarse caballeroso o se estaría riendo de ella? ¿Y por qué la había buscado?

El conde de Cazlevara podría tener a cualquier mujer y, sin embargo, había ido directamente a saludarla. Lo sabía porque lo había visto entrar en el castillo y, al verlo, su corazón se aceleró. Incluso de lejos era magnífico. Con su metro noventa, llevaba el traje de chaqueta azul marino con descuidada elegancia y miraba alrededor con sus ojos, tan negros como el ónice, como si buscara a alguien en particular.

¿Pero por qué buscarla a ella especialmente?, se preguntó Ana.

Nerviosa, tomó un sorbo de vino, irónicamente de las bodegas de Cazlevara. Seguramente estaba riéndose de ella, tuvo que reconocer con tristeza. Divirtiéndose con una mujer que no estaba acostumbrada a los halagos. Había lidiado muchas veces con hombres así, hombres que la trataban con afectuosa condescendencia y se mostraban sorprendidos cuando los rechazaba. Sin embargo, Vittorio no se había mostrado sorprendido por su rechazo sino furioso.

Anamaria tuvo que sonreír. Mejor, pensó.

Vittorio era un hombre muy rico, el más rico de Veneto, además de un aristócrata. Sus bodegas, las mejores de la región, habían pertenecido a los Cazlevara durante cuatrocientos años. Por comparación, su herencia familiar de casi trescientos años se quedaba pequeña.

El padre de Vittorio había muerto cuando él era un adolescente y en cuanto llegó a la mayoría de edad se marchó de Veneto. Llevaba ausente casi quince años. Anamaria imaginaba que un hombre como él necesitaría algo más que unos antiguos viñedos para pasarlo bien.

Era un hombre guapísimo, pero con unas facciones duras. Los pómulos altos le daban un aspecto casi fiero, al menos cuando miraba a alguien como la había mirado a ella, los labios fruncidos en un gesto de desdén, antes de ofrecerle una sonrisa falsa...

Anamaria recordó entonces otra ocasión, la que le había hecho sonreír al verlo.

Había sido en el funeral de su madre, un día de noviembre frío y lluvioso. Entonces tenía trece años y aún no había crecido del todo. Estaba frente a la tumba de su madre, las manos manchadas después de tirar un puñado de tierra sobre el ataúd. La tierra había caído con un golpe seco y ella dejó escapar un gemido de dolor, la queja de un animal herido.

Mientras los asistentes al funeral empezaban a alejarse, Vittorio, que debía de tener veinte años entonces, se había detenido a su lado. Desolada por la muerte de su madre, Anamaria no lo había visto hasta ese momento, pero cuando levantó la mirada esos ojos de color ónice estaban clavados en los suyos. Vittorio había tocado su mejilla con un dedo, intentando detener el camino de una lágrima.

—Es normal que estés triste, *rondinella* —le había dicho. Golondrina—. Es lógico que llores. Pero tú sabes dónde está tu madre, ¿verdad?

Ella había negado con la cabeza, desconcertada y un poco molesta porque no quería escuchar eso de que Emily Viale estaba ahora en el cielo. Pero Vittorio puso una mano sobre su pecho.

—Aquí —le dijo—. En tu corazón.

Y después de sonreírle con tristeza se había marchado.

Vittorio había perdido a su padre unos años antes, pero aun así le sorprendió que pudiese entenderla tan bien, que un extraño hubiera sido capaz de decir la frase más acertada y que más tarde, mientras lloraba desconsolada en la cama, aún recordase sus palabras.

«Es normal que llores».

Vittorio la había ayudado ese día y le habría gustado darle las gracias. Y descubrir si la entendía mejor que nadie y si tal vez ella lo entendía a él. Una tontería, ya que aquélla era la única conversación que habían mantenido nunca.

Durante esos años casi había olvidado las palabras de Vittorio Ralfino frente a la tumba de su madre, pero las recordó en cuanto volvió a verlo. Todas sus infantiles esperanzas habían renacido al creer que también él lo recordaba. Que también había significado algo para Vittorio.

Una bobada. Era una romántica, una soñadora. Pero sus sueños de romance y de amor habían muerto años atrás, después de una dosis de realidad en el internado, cuando era un patito feo entre cisnes.

Anamaria apretó los labios, intentando contener la pena.

Sus esperanzas habían vuelto brevemente durante la época de la universidad, lo suficiente como para arriesgarse con Roberto.

Pero había sido un error.

Y ahora, al ver que Vittorio fruncía los labios en un gesto de desdén, la última esperanza desaparecía por completo. Burlas o mentiras, no sabía qué eran, pero daba igual.

Ana tomó otro sobro de vino y se volvió con una

sonrisa hacia el productor, Busato, un hombre de sesenta años con el cabello blanco y una sonrisa como la de Santa Claus que siempre la había tratado con simpatía y respeto. Tenía que olvidarse de Vittorio Cazlevara, se dijo. Unas palabras intercambiadas diecisiete años antes no tenían la menor importancia. Y no le sorprendería que Vittorio no las recordase siquiera.

Una de las ventanas del primer piso de Villa Rosso estaba iluminada mientras subía por el camino. Su padre la esperaba despierto, como hacía siempre que acudía a alguno de esos eventos.

Unos años antes habría ido con ella, pero ahora apenas salía de casa y Anamaria sospechaba que charlar con gente lo agotaba. Enrico Viale era, por naturaleza, un hombre serio y taciturno.

–¿Ana? –la llamó su padre desde el estudio.

–¿Sí, papá?

–¿Qué tal la cata? ¿Ha ido todo el mundo?

–Todos los que debían ir –contestó ella, entrando en el estudio con una sonrisa en los labios–. Menos tú, claro.

–Bah, no me adules –su padre estaba sentado en un sillón frente a la chimenea, con un libro sobre las rodillas y las gafas de leer en la mano–. No tienes que decirme esas cosas.

–Lo sé –dijo Ana, sentándose frente a él y quitándose los zapatos–. Y no debería hacerlo ya que yo misma he sido objeto de un adulador esta noche.

–¿Ah, sí?

No había querido mencionar a Vittorio. Después de todo, quería olvidarse de él. Y, sin embargo, había aparecido en la conversación sin que se diera cuenta.

–El conde de Cazlevara ha vuelto. ¿Tú sabías que estaba aquí?

–Sí –contestó Enrico Viale, pensativo–. Lo sabía.

–¿En serio? –Ana levantó las cejas, sorprendida–. No me habías dicho nada.

Su padre vaciló y ella tuvo la impresión de que estaba escondiéndole algo. Aunque era absurdo, pensó; su padre y ella tenían una relación muy estrecha. No siempre había sido así, pero se habían esforzado para conseguirlo. Y sin embargo... ¿estaría escondiéndole algo?

–No me pareció importante.

Ana asintió con la cabeza. Era lógico que no le hubiese parecido importante contárselo ya que apenas conocía a Vittorio. Ese momento frente a la tumba de su madre no debería contar para nada.

–Bueno, es muy tarde –murmuró, levantándose del sillón–. Estoy cansada, me voy a la cama.

Anamaria subió la escalera de mármol que llevaba al segundo piso de la villa y, como todas las noches, pasó frente a varias habitaciones oscuras. En la casa había ocho dormitorios y sólo usaban dos. Rara vez tenían invitados.

Su encuentro con Vittorio la había incomodado más de lo que debería. Ni siquiera habían mantenido una conversación, apenas unas palabras, pensó, enfadada consigo misma. Y, sin embargo, esas palabras se repetían en su cabeza una y otra vez.

No había esperado una reacción así por un hombre en el que apenas había pensado durante todos esos años, pero en cuanto entró en el castillo no había podido dejar de mirarlo, su cuerpo despertando a la vida como si hubiera estado dormida hasta entonces. Incluso muerta.

Ana se puso el pijama y se soltó el pelo.

Al otro lado de la ventana, la luna iluminaba los viñedos con su luz plateada. Los viñedos que le daban a Villa Rosso su nombre y su fortuna. Rosso por el color de las uvas, una rica y aterciopelada variedad que disfrutaban en las mejores mesas de Italia y últimamente en casi todo el mundo.

Suspirando, se dejó caer sobre el asiento de la ventana, abrazándose las rodillas mientras el viento enfriaba su cara. No se había dado cuenta de que estuviera tan acalorada... ¿se había ruborizado?

¿Y por qué?

Si tuviese una vida social, aquel encuentro con Vittorio no le habría afectado tanto. Pero la realidad era que apenas salía y que la había afectado. Tenía veintinueve años, a punto de cumplir los treinta, y su única vida social consistía en acudir a las catas de vino y a las reuniones profesionales, siempre con hombres que le doblaban la edad. Así no podría encontrar nunca un marido.

¿Estaba buscando un marido?, se preguntó entonces. Había desechado ese sueño muchos años antes, cuando quedó patéticamente claro que los hombres no estaban interesados en ella. A partir de entonces decidió llenar su vida con amistades, trabajo y familia en lugar de buscar romances. Se había olvidado del amor sabiendo que no era para ella. Y lo había aceptado... hasta aquella noche.

Aun así deseó que Vittorio no hubiese vuelto, que sus absurdos y falsos halagos no le hubieran recordado secretos anhelos olvidados años atrás. Llevaba tanto tiempo siendo ignorada como mujer que se había vuelto invisible incluso para ella misma.

Anamaria apoyó la cabeza en la pared, cerrando los ojos mientras el viento jugaba con su pelo y movía los árboles al otro lado de la ventana.

Quería, se dio cuenta entonces, que Vittorio Cazlevara no la mirase con desdén o con burla, sino con
deseo. Quería que dijera en serio las cosas que le había dicho. Y más.

Quería sentirse como una mujer deseada por una
vez en su vida.

Capítulo 2

*S*IGNORINA Viale, tiene una visita.

–¿Una visita? –Anamaria, que estaba revisando una cepa, se incorporó, sorprendida.

–Sí –Edoardo, uno de sus ayudantes en la oficina, parecía incómodo, por no decir incongruente con su inmaculado traje de chaqueta y sus mocasines de piel. Debía de haberle molestado tener que salir de la oficina para buscarla en los viñedos, pero Anamaria siempre olvidaba su móvil–. Es el *signor* Ralfino... quiero decir el conde de Cazlevara.

–¿Vittorio? –Ana se mordió los labios, cortada al darse cuenta de que lo había llamado por su nombre de pila delante de Edoardo–. ¿Está en la oficina?

Experimentaba una sensación rara, una especie de escalofrío premonitorio, pero no sabía por qué.

–Sí, espera en la oficina.

Anamaria miró su atuendo: unos pantalones manchados de tierra y una camisa pegada a la espalda debido al calor. Era lo que solía llevar cuando iba a inspeccionar los viñedos, pero nunca recibía visitas en horas de trabajo... y menos una visita como aquélla.

¿Por qué estaba Vittorio allí?

–Gracias, Edoardo, iré enseguida –consiguió decir, después de aclararse la garganta.

Desconcertada por los fuertes latidos de su corazón, volvió a revisar la cepa, aunque no sabía lo que estaba haciendo.

No era así como quería que la viese Vittorio aunque, desgraciadamente, no podía hacer nada. No podía
ir andando hasta la villa para cambiarse si él estaba
esperando en la oficina.

Respirando profundamente, intentó arreglarse un
poco, aunque no tenía arreglo... ¿cómo se había man-
chado de tierra la camisa?

Estirando los hombros y resignándose a lo inevitable, se dirigió a la oficina.

El edificio blanco con suelos de terracota era tanto
su casa como la villa, un sitio donde se sentía cómoda,
reina de su territorio. Allí no importaba el aspecto que
tuviera o cómo fuese vestida. Allí era igual que Vittorio.

Vittorio, que estaba de pie frente al sofá para las
visitas, las manos en los bolsillos del pantalón, paseando
do de un lado a otro como un tigre enjaulado, oscuro
y vagamente amenazante.

Y, sin embargo, ¿por qué iba a sentirse amena-
zada? Sólo era un hombre... pero qué hombre. Llevaba un traje de chaqueta hecho a mano que le quedaba perfecto. Era espectacular y le sacaba una cabeza
a ella, que medía casi un metro ochenta. Su pelo era
negro, muy corto, destacando esos ojos de color
ónice...

Ana se dio cuenta de que se había quedado mirándolo como una colegiala, pero consiguió sonreír con
aparente despreocupación.

–Conde de Cazlevara, qué sorpresa.

–Vittorio, por favor –dijo él, apretando los labios
en un gesto de burla. Ni siquiera se daba cuenta de que
estaba delatándose, pensó ella, sintiendo una punzada
de dolor–. Siento haberte interrumpido, sé que estabas
trabajando.

Anamaria señaló su ropa con una sonrisa irónica.

—Me temo que no esperaba a nadie. Estaba en las viñas, como puedes ver.

—¿Cómo van las uvas?

—Creciendo. El tiempo ha sido bueno, gracias a Dios. ¿Quieres tomar algo?

Vittorio parecía estudiarla con una expresión que no le gustó nada.

—Sí, gracias. Hace mucho calor.

Ana intentó mostrarse serena, aunque notaba que le ardían las mejillas. Si el conde de Cazlevara iba a aparecer sin avisar, tendría que verla como estuviera. No tenía por qué sentirse incómoda.

—¿Por qué no vamos a la sala de catas? Es más cómoda que el despacho —sugirió.

Él asintió con la cabeza y Ana lo llevó a una sala en la parte trasera del edificio donde se reunía con los compradores.

Era una sala espaciosa, de techos altos y grandes ventanales, con mesas largas hechas de antiguos barriles. Anamaria se sentó en uno de los sofás de cuero situados en una esquina.

—¿Qué querías, Vittorio?

Él sonrió, mostrando unos dientes blancos, perfectos.

—Veo que te ha ido muy bien durante estos años, Anamaria. La marca Viale ha crecido mucho.

—Por favor, llámame Ana. Y gracias, la verdad es que he trabajado mucho, sí.

—¿Y has vivido en Villa Rosso todos estos años?

—Sí, claro, es mi casa.

—¿No has viajado? ¿No fuiste a la universidad?

—Claro que fui a la universidad. Estudié Enología en la Universidad de Padua.

—Ah, sí, se me había olvidado.

Ana estuvo a punto de preguntarle cómo podía haber olvidado algo que no sabía, pero decidió no hacerlo.

–Tu padre debe de estar muy orgulloso de ti. ¿Has vivido con él todos estos años?

–Sí –Ana inclinó a un lado la cabeza, preguntándose dónde iba la conversación. ¿Por qué le importaba al conde de Cazlevara qué hubiera hecho durante esos años? ¿Podría estar interesado en los viñedos Viale?

Uno de sus ayudantes entró entonces con una jarra de limonada y dos vasos sobre una bandeja.

–Gracias –murmuró, mientras servía el refresco–. Bueno, dime, ¿piensas quedarte en Veneto?

–Sí, voy a quedarme. Me he dado cuenta de que llevo demasiado tiempo fuera de aquí –contestó él.

–¿Y te alegras de haber vuelto?

–Sí.

–Pero imagino que debe de haber sido maravilloso viajar por todo el mundo, conocer tantos sitios.

¿Podía haber dicho una tontería mayor? Ana tuvo que hacer un esfuerzo para no secarse el sudor de las manos en los pantalones. Le gustaría preguntarle qué demonios estaba haciendo allí y qué quería de ella, pero no se atrevía a ser tan directa. Era la segunda vez que la buscaba y no entendía con qué objeto.

–Sí, ha estado bien –dijo Vittorio–. Pero viajaba por una cuestión de negocios.

–Ya, claro.

Ana se aclaró la garganta, nerviosa. Y ella no estaba acostumbrada a ponerse nerviosa. Sobre todo allí, en su oficina, en su terreno.

–A veces, los negocios y el placer pueden mezclarse –siguió Vittorio. Y ella asintió con la cabeza aunque, por supuesto, no sabía lo que era eso porque no lo había hecho nunca.

Vittorio se quedó callado entonces y Ana decidió ir directamente al grano:

—Debo confesar que no sé por qué estás aquí. Me alegro de que hayas vuelto a Veneto, por supuesto, pero si debo ser franca, la verdad es que tú y yo no nos conocemos.

Ya estaba, lo había dicho. Tal vez había sonado como una grosería, pero le daba igual. Su presencia, tan segura, tan arrogante, la incomodaba. Hacía que su corazón latiese a toda velocidad y que le sudasen las manos. Y, lo peor de todo, hacía que experimentase un anhelo extraño, desconocido, uno que no quería sentir.

—En realidad, he venido para invitarte a cenar —dijo él entonces.

La frase pareció hacer eco en la sala y en su corazón. ¿Invitarla a cenar? ¿Una cita? ¿Cuándo fue la última vez que tuvo una cita con un hombre... y un hombre como Vittorio Ralfino? Ana sintió que le ardían las mejillas y, para disimular su confusión, tomó un trago de limonada.

—Veo que te ha sorprendido —dijo Vittorio.

—Pues sí, la verdad. No nos hemos visto en quince años y en cualquier caso... —nerviosa, se mordió los labios.

—¿En cualquier caso?

—Yo no soy exactamente la clase de mujer que... —Ana no terminó la frase. Ella no era capaz de mentir o disimular.

Había pasado tanto tiempo desde la última vez que un hombre la invitó a salir. Incluso desde que ella deseó que un hombre la invitara a salir.

—¿La clase de mujer con la que yo saldría a cenar? —terminó Vittorio la frase por ella—. ¿Y cómo sabes tú la clase de mujer con la que yo salgo a cenar?

–No lo sé –contestó Ana rápidamente–. Pero... bueno, la verdad es que me ha sorprendido.

Se dio cuenta entonces de que ya no estaba colorada; al contrario, se sentía fría, sin vida. Aquella sensación de frío, de vacío, era la razón por la que había dejado de buscar el amor. Y le dolía demasiado.

Los recuerdos la tomaron por sorpresa entonces: las crueles risas de las chicas en el internado, los interminables bailes donde nadie la sacaba a bailar y ella intentaba hacerse invisible. Aunque no había sido difícil porque nadie quería verla.

Tontos recuerdos de la adolescencia pero que aún le dolían. Como le dolía el desprecio de otro hombre.

–En realidad, quería hacerte una proposición –dijo Vittorio entonces.

–¿Qué tipo de proposición? –preguntó Ana, sorprendida.

–Una cuestión de negocios.

–Ah, ya.

De modo que no estaba equivocada, Vittorio tenía algún tipo de interés en los viñedos Viale.

–Pero puede que no sea la clase de proposición que tú esperas –le advirtió él, con una sonrisa.

–Ahora sí me tienes intrigada.

–¿Quedamos el viernes por la noche?

–Muy bien, de acuerdo.

No le pareció importante fingir que debía mirar su agenda para comprobar si tenía otros planes, otra cita. Estaba segura de que Vittorio sabría que no era verdad.

–Iré a buscarte a Villa Rosso.

–Podemos vernos en...

–Soy un caballero, Ana –la interrumpió él–. Y me gustaría llevarte a un sitio especial.

¿Cuál sería exactamente ese sitio especial?, se preguntó ella. Y, sobre todo, ¿qué debía ponerse?

Su armario estaba lleno de trajes de chaqueta, nada apropiado para una cita con un hombre... claro que no era una cita, se recordó a sí misma. Era, sencillamente, una reunión de negocios, de modo que podía ir con un traje de chaqueta.

Aun así, tenía sus dudas. No quería parecer un hombre. Quería sentirse como una mujer, aunque temía preguntarse por qué.

Durante más de diez años, desde la universidad, había vestido y actuado no como un hombre sino como una mujer carente de sexo. Una mujer que no estaba interesada en la moda o en atraer a los hombres. Le había parecido lo más seguro, sin esperanzas ni ilusiones absurdas. Y no había razón para cambiar, al contrario.

El viernes por la noche, Ana estaba frente al espejo de su habitación, con un pantalón negro y una chaqueta demasiado ancha. El traje parecía más bonito en la tienda, pensó, pero no iba a cambiarse.

Su única concesión a la feminidad era la camisola de seda color crema que llevaba debajo, aunque quedaba oculta por la chaqueta. Se había sujetado el pelo en un moño alto, pero hizo una mueca cuando un rizo escapó del prendedor. No sabía si ese rizo le daba un aspecto sexy o descuidado... y seguramente no lo sabría nunca.

No se había maquillado porque cada vez que lo intentaba parecía una niña que hubiera estado jugando con los cosméticos de su madre.

—Bueno, ya está —murmuró, decidida a aceptar lo que tenía delante. Ponerse un vestido de cóctel o algo escotado habría sido ridículo, se dijo a sí misma. Ella nunca llevaba esas cosas, ni siquiera tenía un vestido en su armario. Y, considerando que su cita con Vittorio no era más que una reunión de negocios, no tendría sentido haberse comprado uno.

Su padre estaba, como de costumbre, en el estudio cuando bajó al primer piso.

–¿Vas a salir, cariño?

Ana asintió con la cabeza, pero no dijo con quién. No le había contado a su padre que tenía una cita con Vittorio Ralfino. No quería que pensara algo que no era.

–Voy a cenar.

–¿Tienes una cita? –le preguntó Enrico Viale.

–No, es una reunión de negocios.

–Ah, siempre los negocios –protestó su padre y Ana tuvo que sonreír.

–Tú sabes que me encanta.

Y así era. Las cepas, los viñedos, el proceso de fabricación del vino, la publicidad... todo eso le encantaba. De hecho, era toda su vida.

–Creo que trabajas demasiado, hija.

Ana no dijo nada porque sabía que tenía razón. Trabajaba demasiado porque no tenía nada más. En los últimos años, su padre había ido retirándose del negocio para dejar que lo llevase ella. En realidad, su padre se había dedicado al negocio del vino porque lo había heredado. Ella, sin embargo, quería mucho más. Soñaba con el día que los viñedos Viale estuvieran en los mejores restaurantes de Europa y Estados Unidos. Con el día que pudieran rivalizar con la marca *Castillo de Cazlevara*.

En ese momento, vio los faros de un coche que se acercaba por el camino y su corazón se aceleró al ver que era el Porsche oscuro de Vittorio. Unos segundos después, sonó el timbre.

–Han venido a buscarte –dijo su padre.

–Sí...

–Dile que pase, hija.

Cuando llegó a la puerta Ana estaba sin aliento y con las mejillas ardiendo. Vittorio, con las manos en los bolsillos del pantalón, tenía un aspecto tan fabuloso como el último día, con un traje azul marino, camisa blanca y corbata de seda en tono aguamarina.

Ella tragó saliva, intentando encontrar algo que decir... pero no se le ocurría nada.

–Buenas noches –la saludó Vittorio por fin–. ¿Estás lista?

–Sí, claro, pero... ¿te importaría entrar un momento? Mi padre quiere saludarte –después de decirlo, Ana se dio la vuelta para dirigirse al estudio, sin comprobar si la seguía o no.

Una vez en el estudio, comprobó que su padre no parecía sorprendido al ver al conde de Cazlevara.

–Buenas noches, Vittorio.

–Buenas noches, *signor* Viale.

Enrico sonrió, agradeciendo la muestra de respeto.

–¿Vais a salir a cenar?

–Bueno, en realidad vamos a cenar en el castillo.

Ana lo miró, sorprendida. ¿Iban a cenar en su casa? Había estado en el castillo una vez, durante una fiesta de Navidad cuando era niña. Recordaba un enorme árbol de al menos cinco metros de altura lleno de adornos, las luces de la entrada, las mesas llenas de golosinas...

Turbada, se dio cuenta de que su padre y Vittorio habían estado hablando un momento, pero ella, distraída, no había oído una sola palabra.

–Deberíamos irnos –dijo él entonces.

–Sí, claro.

Poniendo una mano en su espalda, el simple roce

haciendo que el corazón de Ana se desbocase, se despidieron de su padre antes de salir del estudio.

Vittorio le abrió la puerta del Porsche antes de colocarse frente al volante. Ana iba nerviosa, se dio cuenta, y llevaba un traje horrible. Había estado a punto de decirle algún cumplido cuando abrió la puerta, pero se contuvo a tiempo. Los dos sabrían que era mentira.

No quería herir sus sentimientos y no sabía cómo cortejarla. Aunque era una persona inteligente, Ana no era precisamente una mujer para llevarse a la cama. Pero si quería que aquel matrimonio funcionase y conseguir un heredero, tendría que acostarse con ella más de una vez.

Podría haber elegido a otra mujer, por supuesto; había muchas, todas ellas guapísimas, que estarían encantadas de convertirse en la condesa de Cazlevara. Mujeres con las que se acostaría encantado pero, irónicamente, Vittorio no quería casarse con ellas.

Sus viñedos no limitaban con los de él, no se dedicaban a la producción de vino, no eran de la región. Y tampoco eran particularmente leales. No eran, en resumen, buenas candidatas para convertirse en su esposa.

Ana sí lo era y cuando contempló la idea de casarse, el primer nombre que se le ocurrió fue el de ella porque tenía experiencia en la producción de vino, era una hija cariñosa, una persona sana y relativamente joven.

Y, por supuesto, leal. Había leído sobre su lealtad a su familia y a sus viñedos en ese artículo. Y la lealtad era absolutamente necesaria. No volvería a ser traicionado otra vez.

No, Anamaria Viale era la mujer que buscaba, la única que quería.

Vittorio apretó el volante al pensar en otra razón, en realidad la única razón por la estaba decidido a casarse: necesitaba un heredero. Con un poco de suerte, Ana podría dárselo y así su hermano, el traidor de Bernardo, jamás sería conde de Cazlevara como deseaba su madre.

Esa conversación, como todas las conversaciones que mantenía con Constantia, había estado llena de amargura y reproches por ambas partes. Su madre había llamado para pedirle dinero... ¿había querido nunca algo más de él?

–No sé por qué guardas tan celosamente todo tu dinero, Vittorio. ¿Qué piensas hacer con él?

–¿Qué quieres decir?

Constantia había suspirado, impaciente y desdeñosa, una actitud que recordaba de su niñez porque había puntuado prácticamente cada conversación con ella.

–Que te haces mayor, hijo mío –dijo ella, irónica–. Tienes treinta y siete años y no parece que vayas a casarte, ¿verdad?

–No lo sé –había contestado él.

–Pero si no te casas, no podrás tener un heredero y entonces sabes lo que ocurrirá, ¿no? –su madre suspiró de nuevo, el sonido diferente esta vez, casi de pena–. Bernardo se convertirá en el conde de Cazlevara.

Vittorio, atónito, había apretado el auricular con fuerza, sus ojos oscureciéndose. Eso era lo que su madre había querido siempre, lo que quería su hermano. Lo había sabido durante mucho tiempo, desde que intentaron arrebatarle su herencia cuando su padre acababa de morir.

Y no lo había olvidado.

¿Pero cómo podía haber olvidado la importancia del matrimonio y los hijos? Estaba tan empeñado en promocionar y mejorar las bodegas Cazlevara, en olvidar la infelicidad que lo esperaba en casa, que jamás había pensado en el futuro. En su heredero.

Pero tenía que hacerlo.

Y lo había pensado con mucho cuidado, eligiendo a la novia como elegiría un buen vino. Ahora sólo tenía que decidir cuándo decantarlo.

Vittorio golpeó el volante con los dedos y vio que Ana lo miraba de soslayo. ¿Cómo iba a sacar la conversación?, se preguntó. Ella estaba muy tensa, con una mano en la puerta, como si estuviera a punto de escapar del coche. El traje que llevaba le quedaba demasiado ancho y no le favorecía en absoluto. Seguramente la ropa no le quedaba bien, pero tal vez con un vestido de diseño y un poco de maquillaje mejoraría su apariencia...

¿Qué diría Ana si supiera que planeaba casarse con ella lo antes posible? Por supuesto, otra mujer se emocionaría al pensar que iba a convertirse en la condesa de Cazlevara, pero tenía la impresión de que Ana no iba a emocionarse en absoluto.

Sabía, por lo que ocurrió la otra noche, que no iba a dejarse engañar por halagos... y era lógico. Todo el mundo sabía con qué clase de mujeres se relacionaba y también sabían que nunca había tenido intención de casarse. Pero quería casarse con Ana y era una cuestión de la mayor urgencia.

Y así, decidió Vittorio, sería como le hablaría del asunto. Ana parecía una persona directa, de modo que sería claro desde el principio. Así no perdería el tiempo fingiendo sentirse atraído por ella.

La mayoría de las mujeres apreciaban los halagos,

pero estaba seguro de que Ana Viale no los apreciaba en absoluto y, además, tal vez podría sentirse herida.

Vittorio sintió entonces una punzada de remordimientos. ¿Querría Ana un matrimonio de verdad? ¿Estaría buscando amor?

Con él sería imposible y debía saber eso cuanto antes. Pero una mujer como ella, una persona tan práctica, no seguiría esperando el amor, pensó entonces. Además, siempre podía decirle que no.

Aunque Vittorio estaba seguro de que no lo haría.

Ana se arrellanó en el asiento del Porsche, intentando calmar los latidos de su corazón mientras atravesaban la oscura carretera rodeada de árboles. Vittorio no había dicho una palabra desde que salieron de su casa y ella no sabía qué decir.

–De modo que vamos a cenar en tu casa –dijo por fin–. ¿Ése era el sitio especial?

En realidad era un sitio especial. El castillo de Cazlevara era una impresionante construcción medieval situada sobre una colina que tenía hasta un foso. Siglos atrás había sido una impresionante fortaleza, ahora sólo era la casa de Vittorio.

–Debo admitir que el castillo es un sitio especial –asintió él.

Lo era, pensó Ana al verlo aparecer en la distancia. Aunque daba un poco de miedo.

Vittorio atravesó el puente y aparcó el coche en el patio, ahora pavimentado. El edificio había sido reformado en varias ocasiones desde que servía como fortaleza contra los invasores bárbaros y, si no recordaba mal, incluso contra el ejército del Papa en una ocasión, aunque retenía parte de su encanto.

La entrada estaba bien iluminada y había una alfombra turca sobre la antigua piedra. Ana vio varias puertas de caoba, que debían de llevar a varios salones, pero Vittorio la llevó por un largo pasillo y ella lo siguió, un poco nerviosa.

–¿Alguna vez has pensado hacerte una casa en otro sitio? ¿Un *palazzo* moderno o algo así?

Vittorio pareció ponerse tenso y Ana se dio cuenta de inmediato. Era extraño sentirse tan alerta, tan viva. No estaba acostumbrada.

–Los condes de Cazlevara siempre han vivido aquí. Aunque mi madre vive cerca de Milán durante casi todo el año, en un *palazzo* como el que tú has mencionado –había una nota amarga en el tono de Vittorio, una nota que ella no pudo entender–. ¿No te puedes imaginar viviendo en un sitio como éste?

De repente, Ana se imaginó viviendo allí. Se imaginó en alguno de.esos salones, presidiendo una cena de Navidad como aquélla a la que había acudido de niña, recibiendo invitados en la entrada como si fuera la condesa. Y se quedó sorprendida por la intensidad de esas imágenes. Pero era absurdo, imposible. ¿Por qué se le había ocurrido tal cosa?

–Este castillo tiene mucha historia –murmuró.

–Sí, muchos siglos. Pero tu familia también lleva siglos en Veneto.

–Casi trescientos años –dijo Ana–. Nada comparado con el tiempo que lleváis vosotros aquí.

–Un poco más, sí –asintió Vittorio, abriendo una puerta–. Y ahora, vamos a cenar.

La había llevado a un elegante comedor con pesadas cortinas de terciopelo. Frente a la chimenea encendida había una mesa con un mantel de brocado antiguo, la más fina porcelana y copas de cristal de Bohemia. En una mesita a la derecha alguien había dejado una botella de vino abierta para que respirase.

Era una escena íntima, romántica, una habitación preparada no sólo para una cena, sino para... una seducción.

Ana tragó saliva. Ella nunca había cenado con un
hombre en un sitio así, a solas. Nunca. Y eso la asustaba un poco. Sin embargo, experimentaba también
otra emoción, traicionera y llena de esperanza. Aquello parecía una cita de verdad.

Nerviosa, se aclaró la garganta.

—Es un sitio especial, desde luego.

Vittorio sonrió mientras cerraba la puerta. Estaban
completamente solos y Ana se preguntó si habría alguien más en el castillo.

—¿Vives aquí solo desde que volviste a Veneto?

—Mi hermano Bernardo y mi madre viven en Milán. Vienen y van, ya sabes.

Su tono era extraño, frío, y sin embargo, casi indiferente. Tal vez no tenía buena relación con su familia, pensó.

Él apartó una silla entonces y, una vez que se hubo
sentado, tomó una servilleta para colocarla sobre sus
rodillas. Pero, al hacerlo, rozó sus muslos sin querer
y Ana tuvo que tragar saliva.

Seguramente era su falta de experiencia con los
hombres lo que la tenía tan nerviosa. O aquella extraña y sorprendente cita en el castillo. Tenía que ser
eso, pensó. Que estuviera tan pendiente de él era debido a su inexperiencia. Ella no salía con hombres y
no coqueteaba nunca. No sabía lo que era sentirse deseada.

«Y no eres deseada ahora».

Aquella cena y aquel saloncito íntimo, se le estaban subiendo a la cabeza. Como le había ocurrido
aquella vez en la universidad, cuando Roberto tuvo
que decirle la horrible verdad, que no se sentía atraído
por ella.

Tampoco Vittorio se sentía atraído por ella. Ni siquiera fingía estarlo. Sencillamente, debía de ser así como hacía negocios.

—¿Vino? –le preguntó él.

Ana vio, sorprendida, que era una botella de su viñedo. El mejor caldo, reconoció, mientras asentía con la cabeza.

Vittorio levantó su copa después.

—Por una interesante proposición de negocios.

—Incluso por las más sorprendentes –Ana intentó bromear antes de tomar un sorbo de vino.

—Delicioso –dijo él.

—Es una mezcla de uvas.

—Sí, he leído un artículo al respecto.

—¿Ah, sí?

—Lo leí en el avión, mientras volvía a casa –Vittorio dejó su copa sobre la mesa–. También había un artículo sobre ti. ¿Lo has leído?

—Sí, claro.

La entrevista había sido más bien corta, pero ella se alegraba por la publicidad.

—Estás trabajando mucho por los viñedos Viale y lo haces muy bien.

—Gracias.

Trabajaba mucho, era cierto. Lo había puesto todo en el trabajo para ser aceptada en la comunidad de productores de vino de la zona y para que los viñedos Viale se convirtieran en una marca reconocida.

Unos minutos después, una mujer diminuta de pelo oscuro entró en el comedor con dos platos y, después de dejarlos sobre la mesa, salió tan silenciosamente como había entrado.

Ana miró las finas lonchas de *prosciutto* con melón.

—Tiene buen aspecto.

—Me alegro de que te lo parezca.

Comieron en silencio y Ana tuvo que hacer un esfuerzo para disimular su nerviosismo. Le gustaría preguntarle directamente qué clase de proposición tenía en mente, pero no se atrevía a hacerlo.

Cenar con un hombre tan devastadoramente guapo, a solas, con la chimenea encendida, a la luz de las velas... aquello era demasiado. La hacía recordar todo lo que una vez había soñado pero que tiempo atrás había aceptado no tendría nunca: un marido, hijos, una familia.

Había terminado por aceptar que no lo tendría y estaba satisfecha con su vida. O había pensado estarlo hasta aquel momento.

No tenía ni idea de por qué Vittorio Ralfino, un hombre que no estaba a su alcance, la hacía sentir aquel absurdo anhelo. Por qué la hacía recordar y desear cosas que había olvidado tiempo atrás. No tenía sentido. Y tampoco entendía por qué se preguntaba cómo sabrían sus labios...

Ana se atragantó y tuvo que tomar un sorbo de vino.

—¿Estás bien? —le preguntó Vittorio.

—Sí, sí...

No podía creer la dirección que habían tomado sus pensamientos o el efecto que esos pensamientos ejercían en su cuerpo. Le pesaban los brazos y sentía un cosquilleo en el bajo vientre que no había sentido nunca al mirar a un hombre.

Estaba con Vittorio Ralfino, el conde de Cazlevara, prácticamente un desconocido. Alguien que jamás la había mirado como un hombre mira a una mujer. Y que no lo haría nunca.

Siguieron cenando en silencio y, cuando terminaron, la mujer volvió con un plato de ravioli casero rellenos de suculenta langosta.

–¿Has echado de menos Veneto? –le preguntó Ana para romper el silencio.

–Sí –contestó él–. No debería haber estado fuera tanto tiempo.

–¿Y por qué lo has hecho?

Vittorio se encogió de hombros.

–Me pareció lo mejor en su momento. O al menos lo más fácil –respondió, probando los ravioli–. Ah, pruébalos, están riquísimos. Los hacen en casa y la langosta está recién pescada.

–Buenísimos –asintió ella, aunque apenas podía disfrutar del delicioso plato porque le resultaba difícil tragar.

Querría preguntarle qué demonios estaban haciendo allí, cenando a solas en un comedor con la chimenea encendida y velas sobre la mesa. Aunque, en realidad, lo que le gustaría sería tocarlo. Y debía tener cuidado con el vino porque, si tomaba una copa más, acabaría haciéndolo.

Se pregunto entonces cómo reaccionaría Vittorio. ¿Se mostraría sorprendido? ¿Halagado? ¿Desdeñoso? Era demasiado absurdo incluso pensarlo.

Pero no podía aguantar más, de modo que dejó el tenedor sobre el plato y lo miró directamente.

–La cena es estupenda, pero debo preguntar cuál es esa proposición de la que querías hablarme. Me muero de curiosidad.

Vittorio miró el vino que había en su copa, de color rubí, y sonrió perezosamente, haciendo que Ana volviera a sentir ese cosquilleo tan inesperado.

–Verás –empezó a decir, con una sonrisa–, es muy sencillo: quiero que te cases conmigo.

Capítulo 3

LA RESPUESTA pareció vibrar en el comedor, aunque el único sonido que se escuchaba en ese momento era el crepitar de los leños en la chimenea.

Ana lo miró, incrédula, preguntándose si había oído mal. Tenía que haber imaginado esas palabras, se dijo. ¿Tanto deseaba escuchar una propuesta de matrimonio que la había imaginado?, se preguntó, angustiada. Nunca pensó que pudiera ser tan patética.

¿O habría sido una broma? Sí, claro, tenía que ser una broma.

—Quieres casarte conmigo, seguro —repitió, sacudiendo la cabeza-. ¿Y te importaría decirme por qué?

Vittorio se inclinó hacia delante.

—Lo digo en serio, Ana. Quiero casarme contigo.

Ella sacudió la cabeza de nuevo, incapaz de creerlo. Temiendo creerlo. Debía estar bromeando, aunque fuese una broma muy cruel.

Había soportado bromas crueles muchas veces por parte de sus compañeras de internado, chicas que escondían su ropa después de la clase de gimnasia para que tuviera que salir envuelta en la toalla mientras ella se reían a sus espaldas. O la del chico que la invitó a bailar cuando tenía quince años. Ana había aceptado, incrédula, pero el chico salió corriendo, muerto de risa. Después había visto unos billetes cambiando de mano y supo que había sido una apuesta.

Y, por supuesto, el único hombre de su vida, el hombre al que había querido entregarle su cuerpo sólo para descubrir que él no la deseaba de esa forma. Roberto se había mostrado sorprendido, como si ella hubiese entendido mal las cenas y las largas noches estudiando juntos. Y tal vez lo había entendido mal, tal vez estaba entendiendo mal ahora.

Pero, al mirar el rostro sereno de Vittorio, sus ojos clavados en ella, se dio cuenta de que no lo había interpretado mal. Vittorio quería casarse con ella.

—Ya te dije que iba a hacerte una proposición.

—Sí, supongo que es una manera de verlo —murmuró ella, tomando un trago de vino.

—Veo que te ha sorprendido.

—Desde luego que sí —Ana sacudió la cabeza, incrédula. ¿Por qué iba a querer casarse con ella?

No tenía sentido.

—No pensaba decirlo así, tan fríamente, pero pensé que preferirías que lo hiciera como una sencilla proposición de negocios.

Ana parpadeó un par de veces antes de mirar las velas, el fuego de la chimenea, las copas de vino. Qué tonta había sido, pensó entonces. El matrimonio para un hombre como Vittorio Ralfino no era más que eso.

—¿Y cómo puede una propuesta de matrimonio ser un asunto de negocios?

Vittorio se dio cuenta de que estaba decepcionada y, absurdamente, le pareció que el ambiente en el comedor se enfriaba un poco. Había cometido un error, se dio cuenta. Varios errores. La había visto mirar alrededor, observando la escena de seducción que él había preparado cuidadosamente.

No era el ambiente adecuado para una proposición

de negocios. Si había querido planteárselo así, debería haberlo hecho de otra manera. No así, no allí. Y Ana se daba cuenta. Por eso parecía tan decepcionada.

¿De verdad había esperado una reunión romántica? ¿Se habría convencido a sí misma de que era una cita? Esa idea lo llenó de vergüenza. No iba a fingir que se sentía atraído por ella, no quería engañarla. Y por eso no debería haberla invitado a cenar en el castillo, en un acogedor salón con la chimenea encendida, con velas sobre la mesa...

Y tenía que solucionarlo de alguna manera.

–Dime, Ana, ¿juegas a las cartas?

Ana levantó la mirada, perpleja.

–¿Qué?

–¿Juegas a las cartas? –repitió Vittorio, sonriendo–. He pensado que podríamos jugar después de cenar, mientras hablamos de esa proposición.

Ella levantó una ceja.

–¿Para qué, quieres apostarte algo?

Vittorio se encogió de hombros.

–La mayoría de los negocios se discuten mientras se juega al golf, se habla de coches o se hace algo que no tenga nada que ver con el trato.

–¿Qué tal una partida de billar?

–¿Juegas al billar? –preguntó él, sorprendido.

–Sí.

–En el castillo hay un par de mesas de billar. Yo solía jugar con mi padre cuando era niño.

Ana no sabía si lo había imaginado, pero le pareció ver un brillo de dolor en sus ojos negros. Aunque recordaba haber oído que sentía un gran cariño por su padre.

«Es normal que estés triste, *rondinella*».

Ana apartó aquel recuerdo e intentó sonreír a pesar de la confusión.

–Muy bien. Entonces sabes jugar.

–Sí, sé jugar –asintió Vittorio, sin dejar de sonreír–. Y debo advertirte que soy muy bueno.

–Yo también –dijo ella, mirándolo a los ojos.

Una vez fuera del comedor, Vittorio la llevó por un pasillo hasta una habitación amplia en una zona reformada del edificio. A pesar de la oscuridad, por los ventanales que daban al jardín podía ver la sombra de los arbustos que rodeaban la casa y alguna fuente de mármol.

Pero la habitación parecía no haber sido usada en algún tiempo porque las mesas de billar estaban cubiertas por lonas que olían a polvo.

–Veo que hace tiempo que no juegas –comentó Ana.

Y Vittorio sonrió mientras apartaba una de las lonas; una sonrisa que, de nuevo, la hizo sentir ese cosquilleo extraño.

–Hace tiempo que no juego aquí. ¿Quieres tomar algo?

Ana se sentía extrañamente valiente. Sabía por qué le había preguntado si sabía jugar a las cartas y sabía también por qué estaban a punto de jugar al billar en lugar de seguir en el íntimo comedor. Aquello era un negocio y así era como Vittorio llevaba los negocios. No podía haberlo dejado más claro. Y le parecía bien. La absurda desilusión que había sentido unos minutos antes dejó paso a una nueva determinación.

–Un whisky, por favor.

Vittorio la miró un momento, pensativo, y tal vez incluso contento antes de dirigirse hacia la pared para pulsar un botón. Unos segundos después un criado de cierta edad con aspecto de mayordomo apareció en la puerta.

—Mario, dos whiskys, por favor.

—Ahora mismo, *signor* Ralfino.

Ana eligió su taco y le puso tiza en la punta cuidadosamente mientras estudiaba las bolas. El objeto del juego era muy sencillo: había que meter las bolas del contrario en las troneras para ganar puntos o golpear la bola roja para colocarlas donde uno quería. Su padre solía decir que era como un juego de las canicas para adultos.

—¿Dónde aprendiste a jugar? —le preguntó Vittorio.

—Me enseñó mi padre. Cuando mi madre murió era una manera de pasar tiempo juntos.

—Ah, ya veo —murmuró él.

—Supongo que a ti te enseñó tu padre... ¿o jugabas con tu hermano?

—No, sólo con mi padre.

Ana dio un paso atrás, apoyando el taco en el suelo.

—¿Quieres empezar tú?

—No, por favor. Un caballero no empezaría nunca.

—Pero yo te he advertido que soy muy buena. Quería darte cierta ventaja.

Vittorio soltó una carcajada entonces. Y ver la fuerte columna de su garganta, los músculos moviéndose mientras reía, hizo que Ana tuviera que tragar saliva.

Nerviosa, sus manos resbalaron en el taco, su corazón latiendo con tal fuerza que casi parecía sacudirla hacia delante.

—Yo también te he advertido que soy bueno —dijo él por fin.

—Entonces habrá que ver quién es mejor —replicó Ana sonriendo como si estuviera relajada aunque era todo lo contrario.

El mayordomo volvió entonces con una botella de agua mineral y otra de un buen whisky de malta. Ana sólo había dicho que quería un whisky porque sabía que era la bebida preferida de los hombres cuando hablaban de negocios, pero ella no tenía costumbre de beber.

Había tomado un sorbito del whisky de su padre alguna vez, pero la idea de tomar uno con Vittorio la ponía nerviosa. A pesar de dedicarse al negocio del vino era muy poco bebedora y no quería hacer el ridículo delante de él.

—¿Lo tomas solo o con agua?

—Con agua, por favor.

—Como tú digas —Vittorio le sirvió el whisky y esperó mientras levantaba su vaso. Afortunadamente, Ana consiguió no atragantarse aunque el alcohol le quemó la garganta.

—Y ahora, por favor, las señoras primero.

—Muy bien.

Ana dejó el vaso y se colocó para dar el primer golpe, apoyándose sobre la mesa, nerviosa y tímida sintiéndose observada.

«Concéntrate en el juego y en el asunto que te ha traído aquí», se dijo a sí misma.

Pero al pensar en el asunto que la había llevado allí tuvo que recordar la proposición y cuando golpeó el taco lo hizo con manos temblorosas y no logró meter ninguna bola en el bolsillo.

—Ah, qué pena —murmuró Vittorio.

Estaba tomándole el pelo, era evidente, pero Ana no tenía intención de perder. Había pasado horas entrenando para ganarle a su padre y no lo había logrado hasta que cumplió los quince años. Pero tenía muchos años de práctica a sus espaldas.

—Bueno, ¿por qué quieres casarte conmigo? —preguntó con tono desinteresado cuando Vittorio se preparaba para golpear la bola. Y, como había esperado, también él falló.

–Creo que serías una esposa adecuada para mí.

–Adecuada, qué palabra tan romántica.

–Como te he dicho antes, ésta es una proposición de negocios.

–¿Y tú crees que el matrimonio es un asunto de negocios?

–Puede serlo, sí.

–¿Y por qué sería yo una esposa adecuada?

–Por todo –contestó él.

–Vittorio, te aseguro que yo no soy un dechado de virtudes.

–Perteneces a una familia muy respetada en la región, has trabajado mucho en la empresa durante estos diez años y eres leal.

–¿Y eso es lo que estás buscando en una esposa? Menuda lista. ¿La has hecho tú mismo? –Ana se preparó para golpear la bola de nuevo y esta vez consiguió su objetivo.

Vittorio vaciló durante una fracción de segundo.

–Yo sé lo que quiero.

–Entonces, supongo que no estás interesado en el amor.

–No –dijo él–. ¿Y tú?

Ana lo observó mientras se colocaba sobre la mesa, con la cabeza inclinada a un lado, los ojos guiñados para concentrarse mejor.

Qué pregunta tan extraña, pensó. ¿No estaba todo el mundo interesado en el amor de una manera o de otra?

Pero ella no lo estaba, no podía estarlo. Lo había intentado una vez y había sido un fracaso. Tardó años en olvidar esa humillación e incluso ahora recordaba la expresión horrorizada de Roberto...

No, hacía tiempo había decidido que el amor era un lujo que no podía permitirse.

¿Pero lo deseaba? Ana también sabía la respuesta a esa pregunta: no, no lo deseaba. El riesgo era demasiado grande y las posibilidades muy pocas.

—No, no es lo que busco —respondió por fin.

—Me alegro —dijo él, golpeando una bola y enviándola a la tronera.

—Es lo que imaginaba que dirías.

—Así todo será mucho más fácil.

—¿Más fácil? —repitió ella.

—Algunas mujeres no aceptan la idea de un matrimonio sin amor, basado exclusivamente en intereses comunes...

—Basado en el negocio, quieres decir.

—Sí —contestó Vittorio después de pensarlo un segundo—. Pero debes saber que el nuestro sería un matrimonio de verdad, en todos los sentidos.

Virgen e ingenua como era, Ana sabía de lo que estaba hablando. Y podía imaginarlo con sorprendente facilidad: una antigua cama con dosel llena de almohadones, Vittorio desnudo entre las sábanas, magnífico, suyo.

Nerviosa, se apoyó en la mesa para volver a tirar.

—Te refieres al sexo.

—Sí, claro, yo quiero tener herederos.

—¿Es por eso por lo que quieres casarte?

De nuevo, Vittorio vaciló durante una décima de segundo.

—Es la razón principal.

Ana volvió a sentirse decepcionada, aunque no sabía por qué. Por supuesto, un hombre como Vittorio querría tener hijos y se casaría para conseguir un heredero. Al fin y al cabo era un aristócrata y querría que su hijo heredase el título.

—¿Tú quieres tener hijos, Ana?

Había algo tan íntimo en esa pregunta. La había hecho en voz baja y con un tono tan seductor que se le encogió el estómago. No había esperado una reacción tan primaria, tan sensual, y eso la asustó.

—Sí, supongo que sí.

—¿Sólo lo supones?

—La verdad es que no había pensado tenerlos —admitió ella—. Pensé que no habría oportunidad.

—Entonces este matrimonio sería bueno para los dos.

Ana sacudió la cabeza. Hablaba como si ya hubiera aceptado, pero no podía ser tan fácil. *Ella* no podía ser tan fácil.

—No.

—¿Por qué no? —Vittorio se había acercado un poco más y casi podía notar el calor de su cuerpo.

—Estamos hablando de matrimonio, de un compromiso de por vida.

—¿Y?

—Es una decisión que no se puede tomar a la ligera.

—Te aseguro que yo lo he pensado mucho...

—Pero yo no —lo interrumpió Ana—. Yo no lo he pensado en absoluto.

Vittorio asintió, imperturbable.

—Imagino que querrás hacerme preguntas.

Ana no contestó. Por supuesto que quería hacerle preguntas. ¿Por qué quería casarse con ella precisamente? ¿Y si se odiaran? ¿La deseaba, le gustaba aunque fuera un poco?

¿Por qué sentía la tentación de decir que sí?

—Ni siquiera sé lo que piensas del matrimonio. ¿Qué esperarías de mí? ¿Cómo... nos llevaríamos? —le parecía ridículo preguntar porque no podía estar pensando decirle que sí. Y, sin embargo, sentía una enorme curiosidad.

–Nos llevaríamos bien, estoy seguro –contestó Vittorio.

«No te sientes atraído por mí», le habría gustado gritar. «Vi cómo me mirabas el primer día... ¿y ahora quieres casarte conmigo?».

Se había convencido a sí misma de que podía vivir sin amor, pero sentir deseo, sentirse atraída por alguien... eso era diferente.

¿Podría entregarle su cuerpo a un hombre que la miraba con desdén, incluso con desagrado? ¿Podría vivir consigo misma si lo hiciera?

–Ana, ¿qué estás pensando? –el tono de Vittorio era dulce, casi preocupado. Y ella estuvo a punto de responder, pero no podría soportar la verdad de su confesión. O un engaño.

–Imagino que habrá muchas otras mujeres que reúnan los requisitos que buscas en una esposa.

Él negó con la cabeza.

–No, no las hay. Hay muy pocas mujeres que sepan tanto del negocio como tú y, por supuesto, la unión de los dos viñedos sería un legado para nuestros hijos. Además, tienes clase, eres fuerte...

–Hablas de mí como si fuera un caballo –lo interrumpió Ana.

–Tú puedes pensar en mí de la misma forma.

–¿Un semental quieres decir? –a pesar de la desilusión, Ana tuvo que sonreír. Aquella conversación era absurda.

–Por supuesto –contestó Vittorio–. Si yo voy a considerar este matrimonio como un negocio, tú debes hacer lo mismo.

Ana se mordió los labios. Lo decía como si fuera tan natural, como si discutir un matrimonio mientras jugaban al billar fuese algo normal y aceptable.

Ya había dejado claro que no la amaría nunca, pero

Ana tuvo que preguntarse a sí misma con toda sinceridad si encontraría a alguien que la amase.

Cumpliría treinta años en dos meses y no había salido con nadie en cinco años. Y la última vez que lo
hizo fue horrible; un par de horas interminables con
un hombre con el que no tenía nada en común. Nunca
había tenido un novio serio, nunca había hecho el
amor. ¿Sería la oferta de Vittorio la mejor que iba a
recibir en toda su vida?

Desde luego, podría recibir muchas peores, tuvo
que reconocer.

Vittorio se había quitado la chaqueta y la camisa
blanca destacaba la anchura de su torso. Su pelo negro
brillaba como el ébano bajo la lámpara y las duras lí-
neas de su mandíbula y sus pómulos eran perfectas...
tan masculinas.

Era un hombre guapísimo y quería que se casara
con él.

La idea era increíble. Una locura. No podía salir
bien de ninguna manera. Vittorio recuperaría el sentido
común en algún momento y ella volvería a sentirse
humillada.

No la deseaba y no lo haría nunca. Lo había visto
en sus ojos.

Y, sin embargo, estaba considerándolo, buscando
posibilidades, soluciones. Buscando alguna esperanza.
Una parte de ella quería casarse con Vittorio, una
parte de ella quería esa vida. Por eso no le había dicho
que no categóricamente. Por eso le hacía preguntas y
ponía objeciones, como si aquella absurda proposición
pudiera llegar a algún sitio.

Porque, en un rincón de su alma, esperaba que
fuera así.

Ana se colocó sobre la mesa de billar.

–Vamos a jugar –dijo bruscamente. No quería se-

guir hablando, no quería pensar en ello siquiera. Sólo
quería ganarle aquella partida al conde de Cazlevara.

Vittorio observó a Ana mientras se quitaba la chaqueta y la dejaba sobre una silla, mirándolo con expresión desafiante.

−¿Listo?

Vittorio sintió entonces una sorprendente punzada
de deseo. Bajo la chaqueta, Ana llevaba una camisola de seda que destacaba sus generosos pechos
mientras se inclinaba para golpear la bola...

Un rizo había escapado del prendedor, vio entonces. Su pelo no era castaño sino de varios tonos dife-
rentes: castaño, negro, rojizo, incluso dorado. Entonces, por instinto, Vittorio miró hacia abajo. Inclinada
como estaba sobre la mesa de billar, el pantalón se
ajustaba a su trasero...

Y Vittorio se dio cuenta de que estaba sujetando el
taco con demasiada fuerza. Había pensado que tenía una
figura masculina porque era muy alta, pero no era masculina en absoluto, al contrario. Sus curvas eran sorpren-
dentemente provocativas.

Seguía sin ser la clase de mujer con la que se iría
a la cama y nadie podría decir que fuese guapa, pero
esa punzada de deseo lo hizo pensar que aquel matrimonio podría funcionar mucho mejor de lo que había
pensado.

Ana aún no había dicho que no. Y no era capaz de
disimular que se sentía atraída por él. Lo había visto
en sus ojos durante la cena.

Cuando le habló a Enrico del matrimonio, el hombre se mostró sorprendido, pero pareció entenderlo.

−Mi hija es una chica muy práctica −le había di-
cho−. Seguro que Ana verá las ventajas de esta unión.

Vittorio empezaba a pensar que habría más ventajas de las que había creído y se preguntó si eso podría compensar la falta de sentimientos. Aunque había afecto y respeto entre ellos. Y él quería que le gustase Ana, sencillamente no quería amarla.

Pero la desearía, tuvo que reconocer con cierta sorpresa. Un poco, al menos.

Ana golpeó la bola y se apartó de la mesa para dejarle sitio. Cuando pasó a su lado, Vittorio notó su aroma. No llevaba perfume, pero olía a jabón y a algo más, algo imposible de definir. A tierra, pensó entonces. Y estuvo a punto de fallar el golpe. Olía a tierra y a sol, al viñedo donde la había visto trabajando unos días antes.

No era un olor que él asociara normalmente con una mujer.

Vittorio se irguió, dando un paso atrás para dejar que Ana ocupara su sitio... rozando sus pechos con el brazo como por accidente. Quería ver su reacción. Y la suya propia. Ana contuvo el aliento durante un segundo y él tuvo que apoyar el peso de su cuerpo sobre el otro pie para disimular que su entrepierna empezaba a despertar a la vida.

Era virgen, estaba seguro. Y, a pesar de la ropa poco favorecedora, de su falta de feminidad o artificio, en ese momento la deseaba. La deseaba y quería casarse con ella.

Y lo haría.

Ana ganó la partida de billar.

—Parece que debo conceder el juego —dijo Vittorio, dejando el taco en su sitio—. Enhorabuena.

—Gracias.

—Me habías advertido que jugabas muy bien.

–Claro que sí –Ana dejó su taco y tragó saliva. Se sentía incómoda ahora que había terminado la partida y cuando miró el reloj vio que era casi medianoche. No habían vuelto a hablar de la proposición y no sabía si debía sacar el tema de nuevo.

–Bueno, imagino que necesitarás un par de días para pensarlo –dijo Vittorio entonces.

–Mira, me parece que no...

–Espero que no la rechaces sin al menos pensarlo durante unos días –la interrumpió él–. Eso no sería buen sentido de los negocios.

–Tal vez yo no quiero que mi matrimonio sea un negocio –replicó ella.

Vittorio miró su boca y Ana pudo sentir esa mirada casi como si estuviera tocándola. Podía imaginar sus dedos trazando la curva de sus labios, aunque no se había movido. Ella sí, ella había entreabierto los labios sin darse cuenta en una silenciosa invitación. Su cuerpo volvía a traicionarla.

–Yo creo que podríamos llevarnos bien –dijo él–. En todos los sentidos.

Sus palabras la excitaron. No deberían, pero así fue. Le daban esperanza, hacían que se preguntase si Vittorio podría verla como a una mujer. Una mujer a la que pudiera desear. Al contrario que Roberto.

–De hecho –siguió él, su voz suave como la seda– como acabamos de terminar un juego en el que me has pegado una paliza, creo que deberíamos darnos la mano.

Ana alargó la suya automáticamente, intentando disimular una punzada de desilusión. Así era como se hacían los negocios y ella llevaba años haciéndolo. En un mundo de hombres, actuaba como un hombre.

–He dicho que *podríamos* –dijo Vittorio entonces–. No he dicho que debamos hacerlo. ¿Qué tal si, en lugar de un apretón de manos, nos diéramos un beso?

–¿Un beso? –repitió ella, como si no entendiera el significado de la palabra. Pero lo entendía, oh, cómo lo entendía. Incluso podía imaginarlo, sentirlo–. No es así como se hacen los negocios, Vittorio –dijo, sin embargo.

–Pero este negocio es diferente, ¿no? Y tal vez deberíamos comprobar si... nos sentimos atraídos el uno por el otro.

De nuevo, sus palabras le dieron cierta esperanza. ¿Estaba diciendo que podría sentirse atraído por ella?

–No creo que sea buena idea –dijo Ana por fin, aunque ella misma podía percibir una nota de anhelo en su voz.

Y Vittorio también debió de percibirlo.

Aunque seguía apoyado en la mesa de billar, con los brazos cruzados, exudaba una masculinidad irresistible. Y Ana podía imaginarlo tomándola entre sus brazos y...

Por el amor de Dios, había leído demasiadas novelas románticas. Tenía demasiados sueños tontos.

–Yo creo que es muy buena idea.

–Tú no quieres besarme –dijo Ana entonces, a la defensiva. Pero mientras lo decía se daba cuenta de que Vittorio la miraba de otra manera. No había desdén en sus ojos, al contrario.

–Sí quiero –la contradijo él.

Y Ana se dio cuenta de cuánto deseaba que la besara. Tanto que se había convertido en una especie de reto.

–Muy bien –murmuró, dando un paso adelante para echarse en sus brazos. Pero se movió con demasiada brusquedad y Vittorio tuvo que levantar las manos para sujetarla. Aquello era tan nuevo, tan íntimo, tan maravilloso.

—Me gusta que cuando decides hacer algo lo haces completamente, sin reservas.

—Así es —asintió Ana antes de buscar sus labios. No besaba bien, lo sabía, no tenía experiencia. Apretaba torpemente los labios contra los de él, sin saber qué hacer y sintiéndose como una tonta.

Entonces Vittorio abrió la boca y, cuando su lengua penetró en la suya, Ana sintió una punzada de placer que la recorrió de la cabeza a los pies. Sin pensar, levantó las manos para agarrar la pechera de su camisa, tirando de él hasta que sus caderas chocaron, hasta que sintió la evidencia de su deseo.

No había mentido, quería besarla.

Y eso la emocionó. Aquél no era un hombre a quien sus besos dejaran frío. En aquel momento, Vittorio la deseaba. A ella.

Ana experimentó una sensación de poder, de triunfo, como nunca antes había sentido y, sin pensarlo dos veces, deslizó las manos hasta su trasero, apretándolo contra ella. Y al darse cuenta de que contenía el aliento, sorprendido, tuvo que sonreír.

Vittorio seguía besándola, explorando el contorno de su boca y mordisqueando sus labios, la íntima invasión haciendo que le diera vueltas la cabeza. Nunca la habían besado así. Los pocos besos que había recibido, castos y a toda prisa al final de alguna cita, no podían compararse con aquello.

Pero entonces Vittorio la soltó y Ana dio un paso atrás, llevándose una mano a los labios.

—Bueno... —logró decir, aún consumida de deseo.

Cuando miró a Vittorio vio que sonreía, satisfecho de sí mismo. Había querido demostrar algo y, evidentemente, lo había conseguido.

—Creo que esto aclara la situación, ¿no te parece?

—No hay nada decidido —le recordó ella. No dejaría que un beso decidiera su futuro, era absurdo. Aunque hubiera sido el mejor beso de su vida. Aunque la evidencia del deseo de Vittorio lo cambiase todo—. Has dicho que tenía unos días para decidir.

—Ah, por lo menos ahora quieres pensártelo.

Parecía absolutamente recuperado, como si el beso no lo hubiese afectado en absoluto. Muy bien, la había deseado durante unos segundos, pero tal vez cualquier hombre reaccionaría de la misma forma si una mujer se le echaba encima, que era básicamente lo que ella había hecho.

Pero Roberto no reaccionó así. Cuando se echó sobre él, desesperada por demostrar que era deseable, Roberto permaneció quieto y frío como un bloque de mármol. Y luego dio un paso atrás, diciendo con voz helada:

—Ana, yo nunca he pensado en ti de esa manera —una pausa, horrible, interminable, y luego las palabras que la habían perseguido desde entonces—. ¿Cómo iba a hacerlo?

¿Y sería aquel beso, por excitante que hubiera sido, suficiente para basar un matrimonio?

—Me lo pensaré —le dijo—. Pero esto no es un sí, te lo advierto.

—Claro.

Ana volvió a tocarse los labios y luego bajó la mano, sabiendo lo revelador que era ese gesto.

—Debería irme a casa.

—Le diré a mi chófer que te lleve —Vittorio sonrió, burlón—. Me temo que he bebido demasiado y no sería sensato conducir en estas condiciones.

Volvió a pulsar el botón para llamar al servicio y no dijo una palabra mientras la acompañaba por el pasillo. Un chófer uniformado, incluso a esas horas, esperaba ya en la puerta del castillo.

–Bueno, adiós –dijo Ana, incómoda.

Él apartó un rizo de su frente, rozando su mejilla con los dedos.

–Por el momento.

Ana no podía creer que el beso hubiera sido real, que hubiera podido significar algo. Tenía la horrible impresión de que Vittorio, animado por el alcohol, había actuado empujado por sus más bajos instintos para demostrarle que ese matrimonio podía funcionar.

Y casi la había convencido.

Demasiado cansada como para pensar más, Ana subió a la limusina y apoyó la cabeza en el respaldo del asiento mientras el chófer la llevaba de vuelta a casa.

Mientras observaba el coche desapareciendo por el camino, Vittorio sintió una satisfacción casi primitiva. Prácticamente la había hecho suya con aquel beso. En unos días, una semana a lo sumo, Ana sería su esposa. Estaba absolutamente seguro de ello.

Y la sensación de victoria era más embriagadora que cualquier vino. Había decidido casarse y en cuestión de días tendría una esposa. Misión cumplida.

Imaginó la expresión de su madre cuando le dijera que iba a casarse. Imaginó su cara de disgusto al saber que su sueño de que Bernardo se convirtiera en el conde de Cazlevara quedaba reducido a cenizas. Pero luego la imagen cambió de repente y la imaginó sonriendo mientras miraba el rostro de una niña, su nieta.

Vittorio apartó de sí esa imagen rápidamente. No tenía sentido. La única relación que había tenido con su madre era de animosidad o indiferencia. Y él no quería una niña, quería tener hijos.

Aun así, la imagen persistía en su cerebro y lo molestaba porque despertaba un anhelo desconocido.

Irritado, sacudió la cabeza y decidió pensar en el aspecto práctico de ese matrimonio. Por supuesto, habría riesgos como en cualquier trato comercial. Ana podría no quedar embarazada fácilmente o podrían tener sólo niñas. Niñas vestidas de rosa...

Vittorio intentó olvidar esa posibilidad, demasiado exultante como para preocuparse por algo así.

Debería haberse casado años atrás para asegurar su posición, pero jamás había considerado la idea. Estaba demasiado ocupado evitando ir a su casa, asegurando su propio futuro. Jamás había pensado en tener herederos.

Había huido, lo sabía, como lo habría hecho un niño herido. Era asombroso el poder que tenían esos recuerdos: cómo su madre lo apartaba cuando intentaba sentarse en sus rodillas, su gesto de contrariedad cuando se dirigía a ella. A los cuatro años, cuando nació Bernardo, Vittorio miraba a su madre incluso con miedo, como uno miraría a un tigre dormido en una jaula. Fascinante, bella, pero peligrosa. Y ahora que era un hombre adulto seguía recordándolo. Y seguía doliéndole.

Ningún hombre debería seguir lamentando su infancia, pensó. Además, a él no le había faltado el cariño de su padre, que le había dado todos los privilegios, todas las oportunidades posibles. Compadecerse de sí mismo no era sólo absurdo, en su caso era una aberración.

De modo que irguió los hombros, decidido a olvidar esos recuerdos. No pensaba seguir huyendo. Había vuelto a Veneto para enfrentarse con su familia y con su pasado y para seguir adelante con su vida.

Su primera familia le había fallado, de modo que crearía la suya propia, con su esposa y sus hijos. Suyos, de nadie más.

Capítulo 4

LAS LUCES de Villa Rosso estaban apagadas cuando Ana llegó a la puerta. Subió la escalera intentado no hacer ruido, aunque sabía que su padre seguramente ya estaría dormido. Enrico Viale no se acostaba casi nunca más tarde de las diez.

Y, afortunadamente, se quedó dormida en unos minutos. Cuando despertó, el sol se colaba por las cortinas dándole un brillo dorado al suelo de la habitación. Y en lo primero que pensó fue en Vittorio y en su extraña proposición de matrimonio.

Y en el beso.

De no haber tomado ese whisky seguramente no lo habría besado, pensó, y ahora no estaría preguntándose si habría alguna posibilidad.

Ana saltó de la cama para darse una ducha y, una vez vestida, bajó al primer piso decidida a no pensar en Vittorio. Era demasiado seductor, demasiado peligroso, demasiado... todo.

Cuando entró en el comedor vio a su padre desayunando tostadas y arenques. Su madre, que era inglesa, había insistido en que tomaran siempre un desayuno inglés y dieciséis años después de su muerte Enrico seguía con la tradición.

–Buenos días –la saludó alegremente su padre–. Anoche volviste tarde. Te esperé despierto hasta las once.

–No deberías haberme esperado –dijo ella, besándolo en la frente. No estaba lista para hablar con su padre de la proposición de Vittorio, pero recordó que no se había mostrado sorprendido cuando fue a buscarla.

¿Sabría algo sobre el asunto?, se preguntó. ¿Le habría pedido Vittorio su bendición para ese matrimonio? ¿Cuánto tiempo llevaría planeándolo?

–Desayuna algo, hija. Los arenques están especialmente ricos esta mañana.

–Ya sabes que no soporto los arenques, papá.

–Pero están riquísimos –insistió Enrico Viale.

–Sólo puedo quedarme un momento –dijo Ana, sirviéndose una taza de café y una tostada–. Tengo que ir a la oficina.

–¡Pero si es sábado!

–Las uvas no dejan de crecer aunque sea sábado.

–¿Qué tal la cena con Vittorio?

Ana carraspeó, incómoda.

–Interesante.

–¿Quería hablar de negocios? –le preguntó su padre, con un tono demasiado despreocupado.

Y ella lo miró directamente a los ojos, desafiante.

–¿Vittorio te ha contado algo sobre la proposición que quería hacerme?

Enrico bajó la mirada mientras cortaba su arenque con el tenedor.

–Tal vez.

Ana arrugó el ceño. ¿Cuándo habían hablado?, se preguntó.

–¿Y qué te ha parecido?

–Al principio me sorprendió –le confesó él–. Como imagino que te sorprendería a ti.

–Desde luego que sí.

–Pero luego lo pensé y vi que tenía muchas ventajas.

–¿Qué ventajas?

¿Qué podía haberle dicho para convencerlo de que casarse con él era algo ventajoso?

–Estabilidad, seguridad.

–Ya tengo todo eso...

–Hijos, compañía –siguió su padre–. Felicidad.

–¿Crees que Vittorio Ralfino podría hacerme feliz, papá? –le preguntó Ana. No lo hacía con escepticismo sino con auténtica curiosidad–. Estamos hablando de matrimonio para toda la vida, no de una transacción económica.

–¿Y cuáles son tus objeciones? –replicó Enrico, inclinando a un lado la cabeza. Siempre había sido un hombre analítico, algunos dirían que poco emotivo. Salvo tras la muerte de su esposa.

Ana recordó el día que lo vio desolado, llorando sobre la cama... ella era una niña entonces y ver llorar a su padre la había angustiado como nunca. Pero Enrico había cerrado la puerta, dejándola fuera. Ese rechazo, en un momento tan crucial de su vida, le había roto el corazón y tuvieron que pasar dos años para que pudiesen retomar la relación que habían tenido antes.

Pero Ana podía entender que a su padre le pareciese una proposición interesante, tal vez porque, quisiera reconocerlo o no, también se lo parecía a ella.

Después de diez años como directora de la bodega Viale, tratando con hombres a diario, se había acostumbrado a portarse como ellos. Y no sabía cómo ser una mujer.

Sin embargo, Vittorio la había tratado como tal cuando la besó.

Aun así, casarse con él...

–Mi objeción es la idea de un matrimonio como una proposición de negocios –dijo por fin–. Me parece tan frío.

–Pero no tiene por qué serlo. Es mejor verlo con sensatez, con expectativas razonables...

–Sigo sin entender por qué Vittorio quiere casarse conmigo –lo interrumpió Ana.

–Vittorio necesita una esposa, hija. Debe de andar cerca de los cuarenta y a esa edad un hombre tiene que pensar en su futuro, en tener hijos...

–¿Pero por qué yo? Podría casarse con quien quisiera.

–¿Y por qué no tú? Tú serías una esposa estupenda para cualquier hombre.

Ana hizo una mueca. Su padre también la llamaba *dolcezza*, «cosita dulce». Era su padre, ¿qué iba a pensar?

–Pero no estamos enamorados –objetó.

Enrico se encogió de hombros.

–El amor llegará con el tiempo.

–¿Con Vittorio? No lo creo –Ana intentó comer un trozo de tostada, pero se le había hecho un nudo en la garganta y se maldijo a sí misma por emocionarse así. Ella no necesitaba amor, se había convencido de eso mucho tiempo atrás. No lo quería y no entendía por qué lo mencionaba siquiera.

–Pero entre vosotros puede haber afecto, respeto. Esas cosas son muy importantes en un matrimonio, hija. Tal vez más de lo que puedas imaginar ahora.

–Pero tú querías a mamá.

Su padre asintió con la cabeza, entristecido. Incluso dieciséis años después de la muerte de Emily seguía viviendo para su recuerdo.

–¿Y no crees que también yo quiero encontrar esa clase de amor? –le preguntó Ana, con voz ronca. A pesar de lo que había dicho, de lo que creía, necesitaba conocer la opinión de su padre.

Enrico tardó un momento en contestar:

–Esa clase de amor no es fácil, hija. No es cómoda.

–Yo no he dicho que quisiera comodidad.

–Los que siempre la han tenido suelen infravalorar su importancia.

–¿Estás diciendo que tú no te sentías cómodo con mamá?

La idea era nueva para ella. Ana siempre había creído que el matrimonio de sus padres era perfecto, que se adoraban el uno al otro. Pero ahora, de repente, su padre parecía estar indicando otra cosa.

–Yo amaba a tu madre –empezó a decir Enrico–. Y era feliz con ella, pero Emily era una mujer difícil. Era muy emotiva... ¡y eso que el italiano soy yo! –su padre sonrió entonces con tristeza–. No siempre era fácil vivir con una persona tan apasionada, tan sensible...

Ana recordó entonces un momento que casi había olvidado: el médico había estado en su casa y cuando se marchó su madre la abrazó, llorando desconsoladamente, diciendo que ella, Ana, sería su única hija, que nunca habría nadie más.

El amor, pensó, no podía protegerte de la pena. Tal vez sólo suavizaba el golpe.

Enrico dejó su taza sobre el plato y la miró a los ojos

–Piensa en lo que perderías si no te casaras con Vittorio, hija.

–¿Qué estás diciendo, que debería aceptar su oferta porque no va a haber otras?

–No, no he dicho eso. Pero es una buena oferta.

Ana tomó un sorbo de café, pensativa. ¿Sería mejor resignarse a vivir sola para siempre que intentar que su matrimonio con Vittorio fuese una unión feliz? No sabía la respuesta a esa pregunta y apenas podía creer que lo estuviera pensando.

–Vittorio es un buen hombre –dijo su padre.

–¿Y cómo lo sabes? –lo retó ella–. Lleva quince años fuera de aquí.

–Yo conocía a su padre y sé que Vittorio era la niña de sus ojos. Arturo era un buen hombre, pero muy duro –Enrico arrugó el ceño–. Implacable incluso.

–¿Y no será Vittorio de la misma forma?

Pero no lo era. Era un buen hombre, lo sabía por instinto.

«Es normal que estés triste, *rondinella*».

–Vittorio necesita una esposa que lo suavice.

–Yo no quiero tener que suavizar a nadie, papá.

–En un matrimonio uno hace cosas por el otro, en eso consiste. No es que se deba cambiar a la pareja, pero es normal que uno afecte al otro, que se vayan suavizando las aristas.

Ana hizo una mueca.

–Lo dices como si fueran dos piedras de río.

–Pues eso es exactamente –asintió su padre entonces–. Dos piedras frotándose la una a la otra en el río de la vida.

Ella soltó una carcajada.

–Hoy estás demasiado filosófico para mí, papá. Tengo que irme a trabajar –después de darle un beso en la frente se dirigió a la puerta, sorprendida por la conversación.

Una vez en la bodega, se lanzó de cabeza a lo que amaba de verdad: el negocio. Como Vittorio, le dijo una vocecita, pero Ana la apartó. No iba a pensar en Vittorio o en su proposición de matrimonio en toda la mañana.

De hecho, apenas levantó la cabeza de los informes hasta que Edoardo, su ayudante, llamó a la puerta a media tarde.

–Ha llegado un paquete para usted, *signorina* Viale.

–¿Un paquete? –ella parpadeó, sorprendida–. ¿Ha llegado por mensajero?

–No, lo ha traído el conde de Cazlevara.

Ana carraspeó, nerviosa. ¿Vittorio había ido a su oficina a llevarle un paquete?

–Tráemelo, por favor.

Era una caja blanca, atada con una cinta de satén de color lavanda. Rosas, pensó, un poco decepcionada. Enviar un ramo de rosas era algo muy convencional. No había que hacer ningún esfuerzo para enviar rosas a una mujer. Claro que ella no había recibido un ramo de rosas en muchos años...

Pero cuando abrió la caja descubrió que no eran rosas.

Vittorio le había enviado uvas.

Ana miró el racimo recién cortado, con sus uvas perfectas en forma de perla, y luego inclinó la cabeza para respirar su aroma. Al lado del racimo había una nota:

Un nuevo híbrido de vinifera y rotundifolia proveniente de América que he pensado te podría interesar. Vittorio

Sin darse cuenta, Ana se llevó la tarjeta a los labios. Olía como las uvas, pensó, cerrando los ojos. Aquello era mucho mejor que las rosas.

¿Sería su forma de conquistarla o sencillamente estaba intentando mostrarle los beneficios de esa unión?

¿Importaba?, se preguntó. Lo importante era que Vittorio había sabido lo que le gustaría recibir. Y Ana descubrió que eso la complacía.

Durante el resto del día estuvo dedicada al trabajo,

decidida a no pensar en Vittorio, aunque no podía evitarlo. Se encontró a sí misma manejando mil posibilidades. ¿Y si se casaba con él? ¿Y si tenían un hijo? ¿Y si fueran felices de verdad?

Esos pensamientos, tentadores y peligrosos, siguieron bailando en su cabeza durante toda la semana. Vittorio no volvió a pasar por la oficina, pero cada día recibía algo de él, un artículo sobre una nueva marca de vino, un ramo de lilas, una tableta de chocolate belga...

¿Cómo sabía que ésa era su secreta indulgencia?

Ana aceptaba todos los regalos, aunque sabía que eran un medio para conseguir un fin, una manera de demostrarle que podían entenderse.

«Creo que podríamos llevarnos bien. En todos los sentidos».

Y al recordar el beso y la evidencia de su deseo, Ana tenía que estar de acuerdo con él.

Una semana después de la cena con Vittorio, decidió volver a casa caminando, sin dejar de pensar en las posibilidades: un marido, hijos, una familia propia, todo eso en lo que no había querido pensar hasta que Vittorio apareció en su vida.

Si decía que no, ¿podría volver a su rutina diaria, a su vida normal de trabajo y encuentros con hombres de negocios, viticultores como ella? ¿Podría olvidar el peligroso deseo de tener un marido, hijos, una familia? ¿Podría dejar de desear otro beso y mucho más?

No, tuvo que reconocer, no podría hacerlo. Al menos no sería fácil y lo más sorprendente de todo, no quería hacerlo. Quería volver a besarlo, quería que la acariciase, quería casarse con él, vivir y aprender con él como esas dos piedras de las que había hablado su padre.

Aunque entre ellos no hubiese amor. No lo necesitaba.

Deteniéndose de improviso en el camino de tierra,
Ana soltó una carcajada. ¿Ya había tomado la decisión sin darse cuenta? ¿Iba a casarse con Vittorio?

No, no podía tomar una decisión tan importante a
la ligera. Ella valía algo más, se dijo.

Sin embargo, mientras el sentido común le decía
eso, su cuerpo y su corazón se perdían en un mundo
de posibilidades.

El sol empezaba a ponerse en el horizonte cuando
Villa Rosso apareció en la distancia, su fachada de
piedra tan familiar.

Si se casara con Vittorio ya no viviría allí y su padre se quedaría solo. Ese pensamiento hizo que se de-
tuviera de nuevo. ¿Cómo iba a hacer eso? Su padre
era mayor... ¿cómo iba a dejarlo solo? Sabía que él le
diría que eso era lo que quería, que ese matrimonio
era una bendición.

Aun así, sería muy duro para ella. Y Ana se dio
cuenta entonces de la enormidad de esa decisión.

¿Podía decirle que sí? ¿Era lo bastante valiente, lo
bastante ingenua, como para decirle que sí?

Cuando se acercaba a la casa vio el Porsche azul de
Vittorio aparcado en la puerta. Estaba allí, esperándola,
y pensar eso hizo que su corazón diera un vuelco.

Pero se detuvo en la escalera de la entrada para
apartarse el pelo de la cara y limpiarse el polvo de los
zapatos antes de entrar.

Vittorio estaba en el estudio, charlando con su padre en lo que parecía un íntimo *tête-à-tête*. Enrico levantó la mirada y sonrió al verla.

—Estábamos hablando de ti —le dijo, con una sonrisa. Y, a pesar de los traidores latidos de su corazón,
Ana se la devolvió.

—Hola, Vittorio. Qué sorpresa.

—He venido a preguntarte si querías cenar conmigo —dijo él. Parecía enteramente cómodo a pesar de que lo había pillado hablando de ella con su padre.

Ana vaciló. Quería cenar con él, pero de repente se sentía insegura, temerosa. De qué, no podría ni decirlo. Tenía miedo de ir demasiado aprisa, de mostrarle lo deseosa que estaba. Necesitaba tiempo para ordenar sus pensamientos e incluso tal vez para controlar su desbocado corazón.

—No estoy vestida...

—Da igual.

Ana miró su pantalón gris y la blusa blanca que, como casi siempre, se había salido del elástico del pantalón.

—¿De verdad?

Vittorio arqueó una ceja, burlón.

—De verdad.

Debía de imaginar que en su habitación tenía un armario lleno de ropa igualmente poco atractiva, pero Ana aceptó el reto. ¿Por qué iba a cambiarse? ¿Por qué iba a intentar parecer guapa, si pudiese hacerlo, por una simple proposición de negocios?

—Muy bien, voy a lavarme las manos, vuelvo enseguida.

Salió del estudio intentando no sentirse herida, pero lo estaba. Quería que a Vittorio le importase su aspecto, quería gustarle.

«Olvídate», se dijo a sí misma. «Si vas a casarte con él, así será siempre».

Y su corazón se encogió un poco más.

Unos minutos después tomaban el camino que llevaba de la casa a la carretera principal, alejándose de Villa Rosso, las ventanillas del Porsche bajadas para disfrutar de la fragante brisa de Veneto.

–¿Dónde vamos? –le preguntó.

–A Venecia.

–¡A Venecia! –exclamó Ana–. Pero yo no voy vestida para ir a Venecia...

–No te preocupes por eso.

En Fusina, Vittorio aparcó el Porsche y subieron a un ferry que los llevaría en diez minutos hasta Venecia. Cuando la vieja ciudad, con sus canales, sus viejos edificios y sus adormiladas góndolas, apareció en el horizonte Ana sintió un escalofrío de emoción, incluso de esperanza. ¿Qué ciudad era más romántica que Venecia? ¿Y por qué la había llevado Vittorio allí?

Tras desembarcar, se alejaron de la plaza de San Marcos, llena de turistas, hacia Frezzeria, una estrecha calle llena de lujosas boutiques. La mayoría de ellas ya estaban cerradas, pero Vittorio sólo tuvo que llamar con los nudillos a una puerta de cristal y una mujer muy elegante, y delgadísima, salió para saludarlo con un beso en cada mejilla.

Ana experimentó una ridícula punzada de celos y otra de ira cuando la joven, con una blusa de seda y una falda lápiz negra, la miró de arriba abajo.

–¿Es ella?

–Sí.

–Venga conmigo.

Ana miró a Vittorio, desconcertada.

–¿Le has hablado de mí?

Podía imaginar la conversación que había tenido con aquella mujer, hablándole de su desastrosa ropa, de su mal gusto, de lo patéticamente fea que era...

Qué tonta había sido.

–Va a ayudarte –murmuró Vittorio–. Ve con ella.

Ana miró las perchas llenas de vestidos de diseño. Los llamativos colores parecían llamarla y eso era sorprendente porque ella nunca había tenido el menor interés en la ropa. Evitaba los vestidos femeninos porque sabía que no le quedaba bien. Además, no quería hacer lo que le pedía, estaba furiosa. ¿Quién era Vittorio para decidir que necesitaba un cambio de imagen?

–¿Y si yo no quisiera ayuda? ¿Se te ha ocurrido pensar eso?

La mujer apareció en la puerta de nuevo, con los labios fruncidos en un gesto de impaciencia. En la mano llevaba un vestido precioso, pero Ana no podía imaginarse con algo así. Además, seguramente no sería de su talla.

–Ana –insistió Vittorio–, estarás preciosa con esos vestidos, te lo aseguro. ¿No quieres estar guapa?

–Tal vez sólo quiero ser yo misma –contestó ella.

No añadió que temía no estar guapa con esos vestidos o que le gustaría que él la viera guapa de todas formas. Era demasiado difícil de explicar, demasiado absurdo, pero cierto

–Lo siento, Vittorio, pero no pienso ser tu proyecto Cenicienta.

Vittorio masculló una maldición mientras seguía a Ana por la calle empedrada. Había pensado que agradecería la oportunidad de parecer una mujer. Creía estar haciéndole un regalo y, en lugar de agradecérselo, ella se mostraba ofendida. ¿Entendería algún día a las mujeres?, se preguntó.

–¡Ana! –la llamó.

–Creo que deberías llevarme a casa –dijo ella cuando por fin llegó a su lado.

–Tenemos mesa reservada en el mejor restaurante de Venecia. Por eso te había traído a esa boutique, para que pudieras comprarte algo apropiado.

–Si quieres casarte conmigo, tendrás que aceptarme como soy. No tengo la menor intención de cambiar por ti, Vittorio.

–¿Ni siquiera tu ropa? –preguntó él. Aquella mujer era imposible. Y, maldita fuera, estaba parpadeando para controlar las lágrimas. Él no había querido hacerla llorar, lo último que necesitaba eran esas lágrimas. Pero le había hecho daño y no sabía cómo solucionarlo–. Ana...

Ella sacudió la cabeza.

–No sé por qué había pensado que esto podría funcionar. No me conoces en absoluto, somos dos extraños...

–¡Pues claro que no te conozco! –la interrumpió él, impaciente consigo mismo y con su falta de tacto–. Ana, lo siento...

Cuando entró en su casa esa tarde había visto que se le iluminaban los ojos al verlo, pero había perdido el control de la situación por completo. Estaba tan seguro de que ir de compras la haría feliz, de que Ana ya había decidido casarse con él...

Ahora se daba cuenta de lo imposible que era la situación. Él quería ser amable con Ana, quería que el afecto y el respeto que sentían el uno por el otro creciese cada día... quería su lealtad, pero no quería que se enamorase de él.

Claro que en aquel momento no parecía haber peligro de que eso ocurriera.

–Había pensado que ésta podría ser una buena oportunidad para conocernos.

–Después de haberme cambiado.

–¡Después de comprarte un vestido! –explotó Vittorio–. La mayoría de las mujeres se mostrarían encantadas...

–Pero yo no soy como la mayoría de las mujeres

–lo interrumpió ella, con las mejillas encendidas y los ojos brillantes.

Vittorio pensó entonces que tenía un aspecto magnífico. Como una amazona, a pesar de que su furia fuese dirigida a él.

–Lo siento, yo...

–Y la mayoría de las mujeres que yo conozco se habrían tomado tu proposición a risa, además –le espetó Ana, antes de darse la vuelta.

Sola en medio de un grupo de turistas, Ana se preguntó si no debería haber entrado en la tienda para probarse el vestido. Sabía que Vittorio sólo había querido complacerla con un regalo y tal vez lo más sensato habría sido aceptarlo.

Pero, por otro lado, deseaba que Vittorio no quisiera embellecerla. Dijese lo que dijese su padre sobre las piedras y ese ridículo río de la vida, no quería ser el proyecto de nadie.

Ella no era una niña, era una mujer adulta.

Y si estaba pensando casarse con ella tendría que aceptarla como era.

Intentó seguir adelante, pero sólo pudo recorrer unos metros antes de que Vittorio llegara a su lado.

–¿Cómo piensas volver a casa?

–Afortunadamente, hay taxis en todas partes.

–Ana...

–Sé que lo has hecho con buena intención...

Vittorio soltó una carcajada.

–He metido la pata hasta el fondo, ¿verdad?

Ella lo miró, sorprendida.

–Sí, bueno... la verdad es que yo no llevo vestidos porque no quiero hacerlo. Podría comprarme los que quisiera, pero no me apetece. Mido casi un metro ochenta y nadie podría decir que soy delgada. En general, los diseñadores no hacen vestidos para mi talla.

Los turistas que intentaban llegar a la plaza de San Marcos los empujaban para hacerse paso en medio de la estrecha calle y Vittorio dejó escapar un suspiro.

—No podemos seguir hablando aquí. Vamos a cenar, así podremos charlar tranquilamente.

—Pero no voy vestida para ir a un sitio elegante.

—¿Y de quién es la culpa? —Vittorio levantó una ceja.

—Tuya —contestó ella. Pero en lugar de sonar acusadora su voz había sonado burlona, casi coqueta. Pero ella no sabía coquetear—. Si hubieras dejado que me cambiase de ropa en lugar de intentar convertirme en algo que no soy...

—Déjalo, Ana. Voy a llevarte a cenar lleves lo que lleves puesto. Alguien que va con el conde Cazlevara no debe preocuparse por su aspecto —Vittorio sonrió, apretando su mano—. Ésa es una de las ventajas de convertirse en condesa de Cazlevara.

Capítulo 5

SENTADOS frente a la mejor mesa del restaurante, uno de los mejores de Venecia, Ana miró alrededor. Todas las mujeres llevaban vestidos de diseño y, de nuevo, sintió una punzada de remordimiento por no haberse probado el vestido. Aunque hubiera sido lo mejor.

Pero Vittorio no parecía molesto por la diferencia entre el atuendo de las demás mujeres y el suyo. Al contrario, no parecía importarle en absoluto.

–Los mejillones aquí son buenísimos.

–Lo tendré en cuenta –dijo Ana, mirando la carta.

Al final decidió tomar un pollo que le recomendó el maître y Vittorio eligió el vino, de una bodega local, aunque ninguna de las suyas.

–Siempre está bien tomar en cuenta a la competencia –bromeó y Ana asintió con la cabeza. También ella hacía eso cuando cenaba fuera, aunque no ocurría a menudo.

Cuando llegaron los primeros platos y el sumiller había servido el vino, Ana miró a Vittorio a los ojos.

–Tengo que hacerte algunas preguntas.

–Las que quieras.

–Muy bien. ¿Qué esperarías de tu esposa?

Vittorio, con una expresión irritantemente indescifrable, tomó un sorbo de vino e inclinó a un lado la cabeza para mirarla atentamente.

–Espero que mi mujer sea una buena compañera, en todos los sentidos.

La respuesta, tan simple, tan sincera, hizo que le ardiesen las mejillas.

–Sin conocerme, ése es un riesgo muy grande, ¿no te parece?

–No es tan grande como tú crees.

–¿Qué quieres decir?

Vittorio se encogió de hombros.

–No estoy a punto de embarcarme en algo tan importante sin haber investigado un poco antes.

–¿Me has investigado?

–Pues claro –él sonrió, divertido al ver su expresión indignada–. Y tú puedes investigarme a mí si quieres. Tenemos que estar seguros el uno del otro.

–Muy bien –dijo Ana–. ¿Y qué has descubierto?

–Que eres muy trabajadora, que tienes talento para el vino, que estás sana...

–¿Has investigado mis informes médicos? –exclamó ella, atónita.

Vittorio se encogió de hombros. Aparentemente, al conde de Cazlevara todo le estaba permitido.

–Ahora sí que me siento como un caballo –murmuró–. ¿Quieres verme los dientes?

–No digas esas cosas –suspiró Vittorio–. Además, ya te los he visto y son muy bonitos.

Ana sacudió la cabeza. ¿Había algún aspecto de su vida, de su cuerpo, que no hubiera sido inspeccionado? ¿Debería sentirse honrada al haber pasado la prueba? Pues no lo estaba. Estaba furiosa y se sentía horriblemente vulnerable, como si la hubiera espiado cuando estaba desnuda.

–También he descubierto –siguió él– que eres muy apasionada sobre el vino y sobre la región, que eres una buena amiga y, sobre todo, leal.

Ella lo miró, con sorpresa, recordando que también había hablado de lealtad la otra noche.

–¿Y la lealtad es muy importante para ti?

–Lo es –asintió Vittorio y su voz pareció cargarse de intensidad–. Es lo más importante.

La lealtad era importante sobre todo para aquéllos que alguna vez habían sido traicionados, pensó Ana. ¿Qué le habría pasado a Vittorio?

–¿Estás hablando de fidelidad?

–No, aunque por supuesto esperaría que me fueras fiel. Me refiero a otra clase de lealtad.

–¿Qué clase de lealtad?

–Esperaría que apoyases mis decisiones, que no te pusieras nunca en mi contra. ¿Podrás hacer eso, Ana? No será tan fácil.

–Si quieres decir que no debo cuestionar nunca...

–No te estoy pidiendo fe ciega. Quiero una esposa, no un perrito faldero. Debido a mi posición y mi fortuna hay gente de mi entorno que intentará desacreditarme. Incluso podrían intentar reclutarte, contar con tu ayuda, atraer tu simpatía. ¿Podrás serme leal contra mis enemigos?

Ana tuvo que disimular un escalofrío. Le habría gustado bromear, decirle que no fuese tan melodramático, pero tenía la impresión de que hablaba absolutamente en serio.

–Vittorio...

–Sé que crees que exagero –la interrumpió él, apretando su mano–, pero debo decirte que la cualidad que más me atrajo de ti fue tu lealtad hacia los tuyos. Has vivido con tu padre durante estos diez años cuando podrías haberte ido a Venecia o a cualquier otro sitio. Y, sin embargo, te has quedado en Veneto y has cuidado de él...

–Es mi padre –dijo Ana.

–¿Crees que podrías ofrecerme a mí esa misma lealtad?

–Si estuviera casada contigo, sí.

Vittorio soltó su mano y se echó hacia atrás, sonriendo con evidente satisfacción.

–Eso es todo lo que quería saber. Ahora es tu turno de cuestionarme.

–Muy bien –Ana asintió con la cabeza–. Si nos casáramos, yo seguiría trabajando para la bodega Viale. ¿Eso sería un problema para ti?

–No, ninguno. Espero que nuestros hijos se hagan cargo algún día de las etiquetas Viale y Cazlevara. Seríamos un imperio.

Hijos. Bajo la mesa, Ana se llevó una mano al estómago porque había sentido un pellizco.

–Mi padre seguiría viviendo en Villa Rosso, pero me gustaría que nos visitara a menudo.

–Naturalmente.

–Todo esto es absurdo –dijo Ana entonces, con una risita nerviosa.

–Puede parecerlo, estoy de acuerdo, pero en realidad tiene mucho sentido.

Y ella, que era una persona sensata, lo sabía. Por eso estaba tomándolo en consideración. Pero no le parecía sensato en ese momento, ni se lo había parecido cuando se besaban. Le había parecido maravilloso.

–Estoy asustada, si quieres que te diga la verdad. Pensé que no iba a casarme nunca.

–¿Por que no? –le preguntó Vittorio.

Ana se encogió de hombros porque no quería contárselo, pero él apretó su mano de nuevo, como animándola.

–¿Y si acabáramos odiándonos el uno al otro?

–Tengo demasiada fe en los dos como para eso.

–Pero podría ser...

–Todas las decisiones importantes conllevan un riesgo, Ana. Tú lo sabes igual que yo. Pero hay que echarle coraje y determinación si uno quiere conseguir algo.

–Sí, claro.

–Recientemente he cerrado un trato con varios hoteles de Brasil. Sudamérica nunca ha importado mucho vino italiano y algunos dirían que ir allí era perder el tiempo, pero yo hice lo que tenía que hacer para que todo saliera bien. Una vez tomada la decisión, lo único que hace falta es persistencia y constancia.

Qué términos tan clínicos, pensó ella. Aunque sabía que intentaba animarla, eso la defraudó un poco.

–En realidad, esto sería una especie de acuerdo comercial.

–Sí, claro. Ya te dije la semana pasada que no estoy interesado en el amor y tú estabas de acuerdo conmigo. Si no decías la verdad...

–Sí, claro que estaba diciendo la verdad –se apresuró a decir ella–. ¿Pero por qué no quieres enamorarte?

–El amor es una emoción destructiva –respondió Vittorio.

–No tiene por qué...

–Invariablemente lo es porque todos somos imperfectos. En serio, Ana, lo he visto con mis propios ojos.

–¿Has estado enamorado alguna vez? –le preguntó ella, casi sin voz. Y cuando Vittorio negó con la cabeza sintió una absurda oleada de alivio.

–Nunca he querido enamorarme. Pero un matrimonio sin amor no tiene por qué ser necesariamente un matrimonio infeliz. Habrá afecto, respeto...

–Parece que has estado hablando con mi padre.

–Tu padre es un hombre muy sensato.

–Pero él quiso mucho a mi madre.

–¿Y sin embargo te ha recomendado que te casaras conmigo? –bromeó Vittorio–. ¿Por qué no estás tú interesada en el amor entonces?

–Estuve enamorada una vez –respondió ella. Aunque, en realidad, no sabía si había amado a Roberto, sólo que él le había hecho mucho daño–. Y decidí no volver a pasar por eso.

–¿Un hombre te hizo daño?

–Sí –asintió Ana, pero no dijo nada más. Al menos Vittorio la deseaba hasta cierto punto. Había respondido al beso y era él quien insistía en que se casaran.

Era algo al menos. Algo pequeño, patético incluso, pero más de lo que había tenido nunca.

–Ese hombre es el pasado, nosotros estamos forjando algo nuevo, algo bueno.

–Pareces tan seguro de que saldría bien.

–Lo estoy. ¿Por qué te resulta tan difícil de creer?

Ana se dio cuenta de que intentaba disimular su impaciencia. Había tomado una decisión: quería casarse, de modo que inmediatamente adquiría una esposa. Así de fácil, sin emociones, sin amor.

–No hay nadie más en tu vida, ¿verdad? –insistió Vittorio.

–Si me has investigado, sabrás que no.

–Entonces yo debo de ser el mejor candidato.

–Si yo quisiera un candidato –lo retó Ana–. Tal vez lo mejor sería seguir sola.

–Qué mala eres –bromeó Vittorio.

Y Ana soltó una carcajada.

–¿Cuál es tu color favorito?

–El azul.

–¿Te gusta leer?

–Novelas de suspense, mi debilidad secreta –le confesó él.

Ana tenía cientos, miles de preguntas que hacer,

pero la sonrisa de Vittorio hacía que se le quedara la mente en blanco.

—¿Te gustan los perros?

—Sí, pero no los gatos.

—¿Qué alimentos prefieres?

—El pescado, el chocolate... siempre tengo alguna chocolatina en la nevera del despacho, por si acaso.

—¿Qué plato intentaba obligarte a comer tu madre de pequeño?

La sonrisa de Vittorio desapareció durante una décima de segundo. Apenas eso, pero Ana se dio cuenta.

—Brécol —contestó por fin, tirando del cuello de su camisa—. Vaya, ahora estoy avergonzado.

—¿Porque no te gusta el brécol? Imagino que tendrás secretos más importantes.

—Sí, unos cuantos —admitió él.

Le gustaría preguntar por qué su expresión había cambiado, oscureciéndose como si el sol hubiera desaparecido. O cuántas amantes había tenido en su vida o por qué pensaba que el amor era algo destructivo. Pero sabía que no era el momento.

—Cuéntame algo sobre ti que yo no imaginaría nunca.

—Toco el trombón.

Ana soltó una carcajada.

—¿En serio?

Vittorio asintió solemnemente.

—En mi colegio estudiábamos música y el trombón era el único instrumento que quedaba en el armario cuando llegó mi turno de elegir.

—¿Y se te da bien?

—Fatal. Cuando toco el trombón suena como una oveja muriéndose. Mi profesor de música tuvo que suplicarme que lo dejase y, a partir de entonces, me dediqué a jugar al fútbol.

Ana apretó los labios para no soltar otra carcajada. «No hagas que me enamore de ti».

—Si pudieras ir a cualquier sitio o hacer cualquier cosa, ¿qué sería?

La sonrisa de Vittorio se amplió entonces, sus ojos brillando a la luz de las velas.

—Casarme contigo.

El corazón de Ana dio un vuelco dentro de su pecho.

—Lo digo en serio.

—Y yo hablo en serio.

—Sólo porque cumplo ciertos requisitos.

—Yo soy muy exigente.

—¿Y cuándo decidiste que yo era la candidata adecuada? —preguntó Ana.

Vittorio inclinó a un lado la cabeza en un gesto que empezaba a conocer. Significaba que estaba pensando cuidadosamente lo que iba a decir y lo que creía que ella quería escuchar.

—¿Eso importa?

—Siento curiosidad.

Él se encogió de hombros.

—Ya te lo he dicho, leí un artículo sobre ti en una revista y despertó mi interés.

—¿Tanto como para investigarme? —insistió Ana.

—He sido sincero contigo desde el principio.

—Eso es verdad —admitió ella. Aunque su sinceridad dolía—. Pero todo parece tan frío.

—¿No habías dicho que no eras romántica?

—No lo soy.

Aunque tal vez era mentira. ¿Había estado esperando a su príncipe azul? ¿Era una romántica en el fondo?

No, no se permitiría tal debilidad.

—¿Entonces cuál es el problema?

–Es una decisión muy importante, Vittorio –contestó Ana–. Hay muchas cosas que decidir... aún no hemos hablado de un acuerdo de separación de bienes, por ejemplo.

Vittorio arqueó una ceja.

–¿Te preocupa que me quede con tu fortuna? –le preguntó, burlón, ya que la fortuna Viale era una fracción de la suya.

–No, pero pensé que tal vez te preocuparía a ti.

–No me preocupa en absoluto. Si nos casamos, será para siempre, Ana.

–¿Y si conocieras a otra persona?

–No tengo la menor intención de hacerlo –respondió Vittorio. Y el brillo de sus ojos evitó que Ana le preguntase qué pasaría si ella conociera a otra persona.

–¿Hijos? Dijiste que necesitabas un heredero. ¿Cuántos hijos quieres tener?

–Los que tú quieras. O los que quiera la naturaleza. ¿Eso es un problema para ti?

–No –dijo ella. El anhelo de tener un hijo había empezado recientemente, cuando su reloj biológico por fin despertó a la vida. Pero en aquel momento no podía pensar en hijos, sólo en cómo se hacían.

En su mente aparecían imágenes de Vittorio y ella... imágenes que no podía controlar. Ana no sabía que pudiera sentir tal deseo, pero que Vittorio no lo compartiera, o que no lo sintiera como ella, la entristecía.

Le gustaría que la desease como lo deseaba ella, un anhelo profundo que debía ser saciado. Sí, sabía que podía excitarlo, pero eso le pasaría a cualquier hombre. Bueno, casi a cualquier hombre.

¿Sería eso suficiente?

–¿Qué estás pensando? –le preguntó él entonces.

–Que no quiero casarme con un hombre que no me encuentra atractiva –contestó Ana.

Las palabras parecieron quedar colgadas en el aire. La expresión de Vittorio era indescifrable, pero ella se dio cuenta de que se distanciaba, como si se echara atrás literalmente por la brutal honestidad de su respuesta.

–Creo que eres un poco dura.

–¿Tú crees?

–Notaste la evidencia de mi deseo la otra noche –dijo Vittorio entonces, en voz baja–. ¿No es así?

Ana se puso colorada.

–Sí, pero...

–Es cierto que eres diferente a las mujeres con las que suelo relacionarme, pero eso no significa que no pueda encontrarte atractiva.

Después de beber suficiente whisky y de que ella se le echara encima, claro.

–¿Has tenido muchas amantes? –le preguntó impulsivamente y casi rió al ver su cara de sorpresa.

–Las suficientes –contestó Vittorio–. Pero es absurdo seguir hablando del pasado. Como te he dicho antes, deberíamos mirar hacia delante, hacia el futuro.

Ana tiró la servilleta sobre la mesa, inquieta de repente.

–¿Nos vamos? El último ferry sale antes de medianoche.

–Sí, es verdad –Vittorio levantó una mano para llamar al camarero y, unos minutos después, estaban en la calle, el aire de primavera ligeramente húmedo, el aroma de las flores mezclándose con el del agua estancada de uno de los canales, un aroma que sólo podía ser de Venecia.

–¿Vamos caminando? –sugirió él mientras la tomaba del brazo.

La plaza de San Marcos estaba llena de gente, con turistas sentados en las terrazas de los cafés. Ana vio a una pareja abrazándose bajo uno de los arcos, entre las sombras, y apresuró el paso, nerviosa. Sus pensamientos, sus esperanzas, sus miedos, todo aquello era demasiado.

No dijeron nada mientras caminaban ni cuando llegaron al ferry. Se quedaron apoyados en la barandilla, viendo cómo las luces de Venecia iban desapareciendo poco a poco.

Pero debería hacerle cientos de preguntas porque tenía muchas cosas que aclarar...

—No quiero que a mis hijos los eduque una niñera —dijo por fin. Y Vittorio la miró, sin soltar la barandilla.

—No, claro que no.

—Y me niego a enviarlos a un internado.

Sus dos años en el internado de Florencia habían sido los más tristes de su vida.

—En ese punto estamos totalmente de acuerdo. Yo no lo pasé bien en el internado e intuyo que a ti te ocurrió lo mismo.

Ana asintió con la cabeza.

—No puedes esperar que cambie... que me ponga vestidos y maquillaje. Si quieres ese tipo de mujer, tendrás que buscar en otro sitio.

Luego lo miró, retadora, esperando que dijese... ¿qué? ¿Que necesitaba mejorar su aspecto, que los trajes de chaqueta no eran suficiente, que no era lo bastante guapa o elegante para él?

—No tendría ningún sentido intentar cambiarte cuando te he pedido que te cases conmigo tal como eres —dijo Vittorio—. Pero serás la condesa de Cazlevara y espero que actúes y vistas como corresponde.

—¿Y eso qué significa?

Él se encogió de hombros.

—Tú eres una mujer inteligente, Ana. Te dejo esa decisión a ti.

No volvieron a decir nada hasta que llegaron a Villa Rosso y Vittorio detuvo el Porsche en la puerta.

—Vete a la cama, *rondinella* —murmuró—. Y piénsalo hasta mañana.

—¿Qué has dicho?

—He dicho que lo pienses hasta mañana.

—No, pero... ¿qué me has llamado?

—*Rondinella* —Vittorio estaba sonriendo, pero le pareció ver un brillo de pena en sus ojos—. ¿Creías que no me acordaba?

Ella lo miró, perpleja. Se acordaba de aquel día...

De repente, estaba de nuevo frente a la tumba de su madre, la mano manchada de tierra, el corazón encogido, mirando a la única persona que había mostrado compasión por una niña cuyo padre estaba demasiado desolado como para pensar en ella. Y, de repente, la respuesta le pareció obvia.

—No necesito pensarlo —le dijo.

Vittorio alargó una mano para tocar su mejilla.

—¿No?

—No —Ana tomó su mano para enredar los dedos con los suyos—. La respuesta es sí, Vittorio. Me casaré contigo.

Capítulo 6

TODO OCURRIÓ muy rápidamente después de eso. Era como si su respuesta hubiera desatado una cadena de reacciones que dejó a Ana sin aliento y un poco insegura.

Todo estaba ocurriendo tan rápido.

A la mañana siguiente Vittorio fue a su oficina. Al verlo allí, tan sobrio con su traje de chaqueta gris, el único toque de color la seda granate de su corbata, Ana recordó que su matrimonio sería en realidad un acuerdo comercial entre los dos.

No parecía el mismo hombre que había acariciado su mejilla por la noche, el que la había llamado *rondinella*.

−He pensado que deberíamos hablar de los detalles, si tienes un momento.

−Sí, claro. ¿Por qué no vamos a la sala de catas? −sugirió Ana−. Voy a pedir un café.

Vittorio sonrió, aparentemente contento con la sugerencia. Sólo era una reunión de negocios, recordó ella con cierta tristeza, aunque se regañó a sí misma porque no tenía derecho a entristecerse. Sabía dónde se iba a meter, de modo que no tenía sentido arrepentirse.

Una vez sentados en los sofás de piel, con una bandeja frente a ellos, Vittorio sacó un documento que parecía la lista de la compra... y unas gafas de vista cansada. Cuando se las colocó sobre el puente de la nariz, Ana tuvo que disimular una risita.

–No sabía que usaras gafas.

Él arqueó una ceja, burlón.

–Empecé a usarlas cuando cumplí los treinta y cinco, es muy triste.

–¿Eso está en tu informe médico? –bromeó ella–. No sé si debería pedir un informe completo.

–Te lo enviaré inmediatamente.

–Por cierto, ni siquiera sé la edad que tienes. En el funeral de mi madre tenías... ¿veinte?

–Veintiuno.

Ana asintió con la cabeza.

–Tu padre murió cuando tenías más o menos mi edad de entonces, ¿verdad?

–Tenía catorce años.

–Un infarto, ¿no?

–Sí, fue algo repentino –contestó él–. Como lo de tu madre. Si no recuerdo mal, murió en un accidente de tráfico.

–Así es. Un conductor borracho, un chico que no tenía más de diecisiete años. También él perdió la vida.

–Siempre me ha parecido que la muerte de un progenitor hace que el mundo se ponga patas arriba. Por muy feliz que hayas sido hasta entonces, ya nada es lo mismo.

–Sí, yo creo lo mismo.

Vittorio asintió con la cabeza mientras tomaba un sorbo de café.

–Había pensado que podríamos celebrar una boda discreta en la capilla de Cazlevara. A menos que tú tengas alguna objeción.

–No, en absoluto. Me parece bien.

–Si habías imaginado otra cosa...

–No –lo interrumpió ella. Había dejado de soñar con una boda años atrás y la idea de una gran ceremonia con muchos invitados le parecía una falsedad considerando la naturaleza de su relación–. Una ceremonia discreta me parece bien.

–¿Estás segura? –insistió él.

–Estoy segura.

–¿Te parece bien dentro de dos semanas?

–¡Dos semanas!

–Tres a lo sumo. No hay razón para esperar más, ¿no?

–No, supongo que no –asintió Ana–. ¿Pero no parecerá un poco raro? La gente podría comentar.

–No me importa lo que diga la gente. En cualquier caso, cuanto antes nos casemos antes nos acostumbraremos el uno al otro. Pero, por supuesto, podemos esperar para... consumar el matrimonio. Quiero que te sientas cómoda conmigo.

Ana sintió que le ardía la cara. No podía evitarlo. A pesar de la frialdad de su tono, podía imaginar esa consumación de manera vívida. Maravillosa. Y no quería esperar. Pero tomó otro sorbo de café para esconder la cara.

–Gracias por ser tan sensible –murmuró.

–Yo había pensado en una boda discreta, pero si quieres invitar a alguien en especial no dudes en decírmelo.

–Tendré que pensarlo.

–Si invitamos sólo a algunos de los viticultores locales, habrá quien se sienta ofendido –siguió Vittorio–. Así que he decidido que lo mejor será no invitar a ninguno. Organizaremos una fiesta en el castillo unos días después y ese día podrá ir todo el mundo.

–Muy bien –Ana desearía contribuir de alguna forma a las decisiones, pero no podía hacerlo porque no dejaba de pensar en la boda... en la noche de boda concretamente.

En unas semanas estaría casada con Vittorio, pensó. Le temblaba la mano mientras dejaba la taza sobre el plato.

–Necesitaremos testigos para la ceremonia. ¿Tienes una buena amiga, alguien de tu entorno?

–Una amiga de la universidad –dijo ella. Paola seguía siendo su mejor amiga, aunque no se veían a menudo desde que se casó con un siciliano–. Se llevará una sorpresa, seguro –añadió. Podía imaginar la cara de Paola cuando le dijera que iba a casarse–. ¿Y tú? ¿Quién será tu testigo?

–Había pensado que lo fuera tu padre.

–¿Y tu hermano?

–No –contestó Vittorio, con sequedad–. No tenemos buena relación.

Había un mundo de revelaciones en esa frase y le gustaría preguntar, pero sabía que no era el momento.

–Muy bien.

Él terminó su café y volvió a guardar la lista en el bolsillo de la chaqueta.

–Imagino que del vestido y las flores te encargarás tú. Porque ese día llevarás un vestido, ¿no?

Ana sonrió, burlona.

–Sí, claro. Creo que podré ponerme un vestido el día de mi boda.

–Estupendo. Bueno, te dejo trabajar entonces –Vittorio se levantó del sofá–. He pensado que podrías cenar en mi casa el viernes. Tienes que conocer a mi familia.

De nuevo esa dureza, esa sequedad.

–Sí, muy bien.

Después de estrechar su mano se marchó, como si hubiera sido una simple charla de negocios. Y Ana tuvo que reconocer que en realidad lo era.

Esa noche, durante la cena, se lo contó a su padre.

Podría habérselo contado esa mañana, pero algo la detuvo. Tal vez la avergonzaba reconocer que había hecho algo tan absurdo, tan desesperado. Pero la boda tendría lugar en quince días y no tenía sentido esperar más.

—Le he dicho que sí a Vittorio, papá.

Enrico dejó la cuchara sobre el plato, mirándola con cara de sorpresa.

—¡Pero Ana... *dolcezza*! Eso es maravilloso.

—Espero que sí —dijo ella. Y Enrico asintió con la cabeza, comprensivo.

—¿Estás nerviosa?

—Un poco.

—Es un buen hombre, hija.

—Me alegro de que te guste.

Su padre inclinó a un lado la cabeza.

—¿No estás segura?

—Yo no me casaría con una mala persona, papá.

Vittorio era un buen hombre, estaba absolutamente segura de eso. Honrado, justo, decente. Pensó entonces en la sequedad con que hablaba de su familia. Era un buen hombre, ¿pero sería un hombre tierno? Ana recordó el roce de su mano, sus suaves palabras de consuelo...

«Vete a la cama, rondinella».

No sabía qué pensar, qué creer o qué esperar.

—Me alegro mucho por ti, hija —dijo su padre, apretando su mano—. Por los dos. ¿Cuándo es la boda?

—Dentro de dos semanas.

Enrico levantó las cejas.

—Ah, estupendo. No tiene sentido perder el tiempo. Llamaré a la tía Iris ahora mismo. Tal vez quiera venir.

Ana asintió con la cabeza. Sólo había visto a su tía Iris en un par de ocasiones porque la relación con su padre era más bien tirante. No había aprobado que su hermana se casara con un italiano y se fuera a vivir a Italia y cuando Emily murió, la relación se hizo aún más difícil.

–Espero que venga –murmuró.

Y lo decía en serio. Tal vez su boda serviría para solucionar aquella disputa familiar.

Ana intentó concentrarse en el trabajo durante toda la semana, pero por mucho que lo intentase no dejaba de darle vueltas. «Seré la condesa de Cazlevara. ¿Qué dirá la gente? ¿Cuándo querrá Vittorio...?».

Estaba tan nerviosa que apenas podía comer.

El jueves por la tarde, mientras volvía a su casa, hizo una lista mental de todas las cosas que tenía que hacer: hablar con los empleados de la bodega, llamar a Paola, buscar un vestido para la cena con la familia de Vittorio al día siguiente...

El primer piso de la villa estaba en silencio cuando entró.

–¿Papá? –lo llamó al ver que no estaba en el estudio. Pero no hubo respuesta. Subió al segundo piso y lo buscó en su habitación pero tampoco estaba allí. Lo encontró en una de las habitaciones de invitados, una que no usaban nunca–. Papá... ¿qué haces aquí? ¿Estás bien?

Él levantó la mirada, parpadeando un par de veces.

–Sí, estoy bien. Estaba mirando unas cosas.

–¿Qué cosas?

–De tu madre... –Enrico le mostró algo que tenía en las manos, una prenda de satén blanco–. Se alegraría tanto al saber que vas a casarte. Me gustaría pensar que, de alguna forma, lo sabe.

–¿Qué es eso, papá?

–El vestido de novia de tu madre. ¿Nunca te lo enseñó?

Ana negó con la cabeza.

–No, pero lo he visto en fotografías.

Enrico sonrió.

–Seguramente estará pasado de moda y habrá que llevarlo a la tintorería y arreglarlo un poco, pero... a este anciano le haría mucha ilusión que te lo pusieras, hija.

A ella se le encogió el corazón.

–Tú no eres un anciano, papá –le dijo, observando su rostro lleno de arrugas, su cabello blanco. Tenía cuarenta años cuando se casó, de modo que ahora era septuagenario, pero le parecía increíble–. A ver, deja que lo vea...

El satén blanco del vestido seguía como nuevo, aunque el estilo no era precisamente el que más favorecería a una mujer de su envergadura. De cuello redondo, bordado con pedrería, tenía mangas anchas y una falda de tres capas. No sólo parecería un merengue, sino un merengue enorme. Estaría horrible.

Ana giró la cabeza para que su padre no viera las lágrimas que asomaban a sus ojos.

–Será un honor para mí, papá.

Al día siguiente, Ana fue al castillo de Cazlevara. Incluso antes de quitar la llave del contacto, porque había insistido en conducir ella misma, un mayordomo salió para abrirle la puerta.

–Bienvenida, *signorina* Viale. El conde y su madre están en el salón, esperándola.

Ella tragó saliva, intentando contener los nervios, pero su corazón latía con tal fuerza que casi la empujaba hacia delante. Nerviosa, se pasó una mano por el traje de chaqueta gris plateado que había elegido para la ocasión. Lo había elegido con mucho cuidado, pero ahora se preguntaba si sería tan poco atractivo como los que solía usar a diario.

El día anterior había tomado el ferry para ir a Venecia, incluso había pasado por la boutique a la que Vittorio la llevó ese día. Se había quedado frente al escaparate como una niña delante de una tienda de golosinas, pero la delgada dependienta, con su falda ajustada y su blusa blanca, tenía un aspecto tan elegante que no se atrevió a entrar. La idea de probarse un vestido delante de esa mujer le daba pánico.

De modo que buscó en su armario hasta que encontró algo que no se había puesto nunca: un traje de color gris perla de pantalón ancho. Bajo la chaqueta llevaba la camisola que había llevado la primera vez que fue al castillo y el pelo sujeto en un moño alto, con un par de rizos sueltos enmarcando su cara. Incluso se había puesto brillo en los labios.

Pero mientras se dirigía al salón se preguntó si Vittorio se daría cuenta. Si le importaría. Y, de ser así, ¿se alegraría de que hubiera hecho un esfuerzo?

Todos esos pensamientos desaparecieron de su cabeza cuando llegó al salón y vio a una mujer rubia, bajita y delgada, la clase de mujer que la hacía sentir como una gigante.

Constantia Ralfino, la condesa de Cazlevara. Pronto la condesa viuda de Cazlevara.

La condesa levantó una ceja y Ana sintió que se le encogía el corazón porque la miraba como lo habían hecho aquellas chicas en el internado al que la envió su padre.

Era una mirada de desdén, una mirada que le dolía más de lo que debería y que la hacía sentir como una adolescente de nuevo: torpe, incómoda y desolada por la muerte de su madre.

–De modo que ésta es tu prometida –dijo por fin, sin disimular su desprecio.

Ana irguió los hombros.

–Sí, soy yo. Nos conocimos hace años, pero me alegro de volver a verla, señora Ralfino.

–Ya, claro –Constantia no se molestó en ofrecerle su mano–. ¿No vas a presentarnos, Vittorio?

–Ana parece haberse presentado mejor de lo que podría hacerlo yo. Pero si insistes, te presento a Anamaria Viale, una de las viticultoras más importantes de la región, hija de Enrico Viale y mi futura esposa –Vittorio sonrió, pero no era una sonrisa agradable–. Ana, te presento a mi madre.

La tensión podría cortarse con un cuchillo, pero ella no entendía por qué.

–Así que ha sido amor a primera vista, ¿no?

Ana no sabía si la otra mujer estaba riéndose de ella o mostrando genuino interés y miró a Vittorio, sin saber qué decir.

–¿Amor a primera vista? –repitió él–. No, por supuesto que no. Ana y yo sabemos que no existe tal cosa. Bueno, la cena está servida y no me apetece tomarla fría. ¿Pasamos al comedor?

Vittorio le ofreció su brazo y Ana lo tomó de manera torpe. No se lo estaban poniendo nada fácil, pensó.

La cena fue, por supuesto, interminable. Vittorio y Constantia se hablaban con amable frialdad, pero era peor que si se insultaran. Ana estaba tan tensa que apenas pudo probar bocado. Era imposible saber qué decir, cómo actuar, y él no estaba ayudándola en absoluto.

¿Por qué Vittorio y su madre tenían tan mala relación? ¿Cómo una madre y un hijo parecían detestarse de esa forma? ¿Y qué papel podía hacer ella en una situación tan incómoda? La idea de vivir en el castillo de Cazlevara teniendo que soportar las miradas de desdén de su suegra le parecía intolerable.

Entonces se dio cuenta de lo que había hecho al aceptar la proposición de Vittorio. No era sólo un matrimonio, sino una familia. No sólo un acuerdo comercial beneficioso para los dos, sino un estilo de vida, una vida.

Constantia se levantó de la mesa con un elegante movimiento. Era una mujer esbelta, aún bella a pesar de las arrugas que marcaban su rostro.

—Estoy cansada del viaje, así que me retiro a mi habitación. Espero que me perdones, Ana —le dijo, con una sonrisa helada.

—Sí, claro —murmuró ella, aliviada al despedirse de su futura suegra. Eso si se casaba con Vittorio, algo que empezaba a poner en duda.

—Muy bien entonces —Constantia se volvió hacia él y su expresión arrogante se volvió triste, casi vacilante.

Pero antes de que Ana pudiera descifrar qué significaba, volvió a mostrarse fría y distante de nuevo y, un segundo después, salió del comedor, dejando a Ana y Vittorio en un incómodo silencio.

—Vittorio... —empezó a decir ella.

—¿Qué? ¿No me digas que después de conocer a mi madre te lo estás pensando, *rondinella*?

—No me llame así.

—¿Por qué no?

—Porque... —Ana apretó los labios. Sonaría absurdo, patético incluso admitir que ese término cariñoso era especial para ella, que significaba algo.

—¿Por qué? Después de todo, estamos a punto de casarnos.

Vittorio apartó su silla y tomó su mano para acompañarla al vestíbulo. El roce de sus dedos era tan seductor que se le quedó la mente en blanco. Lo único que podía hacer era sentir el roce de su mano, deseando más, soñando con algo más.

–Yo no...

No terminó la frase porque no sabía muy bien qué decir.

–¿Tú no qué? No tengas miedo, Ana.

Estaban muy cerca y, como por propia voluntad, sus labios se entreabrieron como si fuera a besarlo. Aun así, reunió fuerzas para hablar:

–Hay tantas cosas que no sé de ti, Vittorio.

Él deslizó una mano por su brazo, los labios a unos centímetros de los suyos. Sabía lo que estaba haciendo: intentando distraerla, evitando que hiciera preguntas porque tal vez las respuestas evitarían que se casara con él. Y aun sabiéndolo, no podía evitar que esa respuesta abrumadora bloqueara cualquier pensamiento racional.

Entonces se le ocurrió que nada podría evitar que se casara con Vittorio, que en aquel momento estaba tomando su cara entre las manos.

Iba a besarla. Y ella necesitaba que la besara. No podría descansar tranquila hasta que hubiera sentido el roce de sus labios una vez más. Más tarde, lo sabía, se sentiría humillada por ese deseo, pero en aquel momento era una fuerza imparable, un ansia abrumadora. Tanto que musitó sin poder evitarlo:

–Bésame.

Vittorio esbozó una sonrisa de triunfo, pero a Ana le daba igual. No podía importarle porque el deseo que sentía era demasiado poderoso.

–Bésame –repitió. Y luego, como él seguía sonriendo, dio un paso adelante para buscar sus labios, cerrando los ojos cuando por fin sus bocas se unieron.

Ana levantó los brazos para acariciar su pelo, apretándose contra él. Lo besaba de manera torpe, pero le daba igual porque era maravilloso. Se perdió en el beso, disfrutando hasta que se dio cuenta de que Vittorio no se había movido, no estaba respondiendo.

Ella estaba ciega de deseo y él, sin embargo, no parecía afectado en absoluto.

Avergonzada, dio un paso atrás deseando escapar, pero Vittorio no se lo permitió. Tiró de ella para besarla, apretándola contra él de la manera más íntima, sus labios curvándose en una sonrisa de triunfo cuando la oyó suspirar. Vittorio había tomado el control de la situación, atrapándola entre sus poderosos muslos mientras la besaba lánguidamente, sus labios viajando por su cara y su cuello hasta llegar finalmente al nacimiento de sus pechos.

Ana echó la cabeza hacia atrás y cerró los ojos. Nunca la habían tocado tan íntimamente, nunca. Le daba vueltas la cabeza y casi le dolía todo el cuerpo de sentir tanto.

No sabía que un beso pudiera ser algo así.

Entonces Vittorio se apartó, dejándola sin aire.

–¿Lo ves, Ana? –murmuró, abriendo la puerta del castillo y dejando que la brisa nocturna la enfriase–. Yo creo que me conoces lo suficiente.

Vittorio esperó hasta que Ana subió al coche antes de dejar escapar un largo suspiro.

No había esperado eso. No había pensado besarla de esa forma para hacerla olvidar sus dudas y sus miedos. Pero había sido ella quien dio el primer paso. Le había sorprendido esa audacia... y su propia respuesta. Porque con aquel beso se había dado cuenta de que Ana era mucho más que eso que quería adquirir, esa posesión que necesitaba para conseguir su objetivo.

Era una persona, un ser con esperanzas y deseos. Mientras hacían los planes para la boda, mientras le enviaba regalos o iba a visitarla, había conseguido olvidar ese hecho.

¿Por qué se había dado cuenta mientras la besaba esa noche? ¿Por qué Ana había despertado ese desenfrenado deseo repentinamente? No lo sabía.

Pero tener la felicidad de otra persona en su mano, ser responsable por la vida de otro ser...

Era monumental. Y aterrador.

—¿Por qué, Vittorio?

Él se dio la vuelta, apretando los dientes al escuchar el tono acusador de su madre, que lo miraba desde el último escalón de la impresionante escalera.

—No sé a qué te refieres.

—¿Por qué vas a casarte con esa pobre chica?

—No me gusta nada que te refieras a mi prometida de esa forma, madre. Ana no es una pobre chica.

Constantia dejó escapar una risa incrédula.

—Por favor, Vittorio. Yo sé con qué clase de mujeres te relacionas, las he visto en las revistas contigo. Se comerían viva a Anamaria.

—No tendrán oportunidad de hacerlo.

—¿Tú crees? —su madre bajó el último escalón para acercarse a él—. ¿Y cómo vas a evitar que lo hagan, hijo? ¿Piensas encerrar a tu mujer bajo llave en el castillo? Te aseguro que a ella no le gustaría.

—No tengo intención de encerrar a Ana en ningún sitio.

—Esa chica te quiere —dijo Constantia entonces—. O, al menos, podría quererte.

Vittorio apretó los dientes de nuevo.

—Eso no es asunto tuyo, madre.

—¿No lo es? —Constantia levantó la barbilla, su expresión obstinada, retadora—. ¿Tú sabes lo que es amar a alguien y saber que no eres correspondido? ¿Sabes lo que eso puede obligarte a hacer?

Vittorio la miró entonces, sorprendido. Lo que decía no tenía sentido para él.

—¿De qué estás hablando?

Su madre apretó los labios y sacudió la cabeza.

—¿Por qué vas a casarte con ella? ¿Sencillamente para hacerme daño? No tenías interés en casarte hasta que yo hablé de ello.

Vittorio se encogió de hombros.

—Sencillamente, me recordaste mi obligación como conde de Cazlevara y presidente de la bodega. Es mi obligación tener un heredero.

—Para que Bernardo no pueda ocupar tu sitio.

Ni siquiera intentaba esconder su verdadera intención, pensó él.

—Todos los hombres quieren tener un hijo.

—¿Y por qué ella? —insistió Constantia—. ¿Por qué vas a casarte con una mujer a la que no puedes amar?

—Yo no estoy interesado en el amor.

—Como tu padre entonces —replicó ella. Y, de nuevo, Vittorio se vio sorprendido.

—He terminado con esta conversación —le dijo, dándose la vuelta.

Sólo más tarde, cuando estaba a punto de irse a la cama, reflexionó sobre las palabras de su madre. Había dicho que Ana era una mujer a la que no podría amar, como si fuera una imposibilidad.

Él nunca había querido amar a nadie, eso era cierto. ¿Sería capaz de amar a Ana?

Capítulo 7

EL DÍA DE su boda, Ana se miró al espejo e hizo una mueca. Estaba horrible. Aunque no lamentaba la decisión de ponerse el vestido de su madre, tampoco podía contener el deseo de estar guapa ese día.

Lo habían arreglado para ella, pero seguía teniendo demasiadas capas, demasiada pedrería. Y la idea de que Vittorio la viera con ese aspecto de merengue la angustiaba. Suspirando, pasó una mano por el rico satén. Aunque el estilo no le quedase bien, la tela era de la mejor calidad, se dijo, intentando olvidar los pensamientos negativos. Aquél era el día de su boda y quería disfrutarlo.

Sin embargo, las dudas y los miedos que habían aparecido durante la cena con Vittorio y Constantia seguían ahí, dando vueltas en su cabeza.

Había visto a Vittorio muchas veces en los últimos días. Había pasado por la oficina para saludarla o para mostrarle algún artículo sobre nuevas técnicas vitivinícolas o simplemente para dar un paseo por los viñedos. Ana agradecía que intentase darle cierta normalidad a su relación, pero no podía dejar de pensar que, aunque disfrutaba de esas visitas, eran un poco obligadas. Como algo que Vittorio tenía que hacer. Había adquirido una novia, ahora tenía que mantenerla.

Sabía que no debería pensar esas cosas. Había

aceptado un matrimonio sin amor y tenía que cumplir su parte del trato sin tontas ilusiones románticas.

Alguien llamó a la puerta entonces y, un segundo después, una cabeza llena de rizos oscuros asomó en la habitación.

–¿Estás lista? –le preguntó Paola. Desde que le habló de la boda, su amiga se había mostrado encantada. Aunque aún no le había contado la verdad–. El coche está abajo.

–Sí, sólo me falta el velo.

Paola tomó el velo de encaje de la cama y la ayudó a ponérselo.

–Estás... –empezó a decir su amiga.

–Horrible –dijo Ana–. El vestido me queda fatal.

Paola se encogió de hombros.

–A mí me parece estupendo que lleves el vestido de tu madre y cualquier persona normal pensará lo mismo, te quede como te quede –su amiga, tan sensata como siempre, siguió colocándole el velo–. Yo creo que una novia podría llevar un saco de patatas y daría lo mismo. Cuando una está enamorada, se le nota en la cara. Nadie está más atractivo que una novia el día de su boda.

–¿Tú crees? –murmuró Ana, mirándose al espejo.

Ella no parecía una novia enamorada porque no lo estaba. De hecho, estaba más pálida de lo normal.

Paola puso una mano sobre su hombro.

–¿Va todo bien, Ana? Pareces nerviosa. Bueno, todas las novias están nerviosas el día de la boda. Yo estuve a punto de vomitar antes de entrar en la iglesia, ¿te acuerdas?

–Sí, claro.

–¿Estás segura de que esto es lo que quieres? Es mi obligación como amiga preguntártelo.

–Sí, lo sé –contestó ella–. Y sí, esto es lo que

quiero, de verdad. Si estoy un poco rara es porque... en fin, el nuestro no va a ser un matrimonio normal.

–¿Qué quieres decir?

–Vittorio y yo decidimos casarnos hace quince días. No estamos enamorados, es un matrimonio de conveniencia.

–¿Un matrimonio de conveniencia? –repitió su amiga, riendo–. ¿Y qué tiene de conveniente un matrimonio?

Ana intentó reír también, pero le salió una mueca.

–Vittorio y yo tenemos objetivos comunes. Los dos somos ambiciosos y lo que más nos importa es la empresa...

–¿Y estás segura de lo que vas a hacer?

Entonces sonó un golpecito en la puerta.

–Ana, *dolcezza*, ¿estás lista? –la llamó su padre–. El coche está esperando.

Ella respiró profundamente. Era el día de su boda, había llegado el momento. En menos de una hora estaría casada con Vittorio Ralfino y sería la condesa de Cazlevara.

Pero, de repente, recordó todos los momentos importantes de su vida: el día que murió su madre, el rechazo de su padre, sumido en su propio dolor, el horrible internado, la época de la universidad, cuando empezaba a sentirse un poco más segura de sí misma... hasta que Roberto destrozó cualquier esperanza. Las noches que pasaba mirando por la ventana, preguntándose si encontraría el amor algún día y la decisión de dejar de buscarlo y disfrutar de lo que tenía, aprovechar lo que la vida le ofrecía sin pedirle más.

Todo ello, cada segundo, había llevado hasta aquel momento, hasta aquella decisión de casarse con Vittorio.

Y entonces nuevos recuerdos aparecieron en su

mente: los besos de Vittorio, el roce de sus manos, los agradables paseos por los viñedos bajo el sol. Y aquel día, en el entierro de su madre, cuando acarició su mejilla llamándola *rondinella*, la tensión de Vittorio con Constantia, la esperanzas que los dos tenían para el futuro.

Y, para su sorpresa, se dio cuenta de que ya no tenía miedo. Los nervios habían desaparecido y, en su lugar, había una nueva determinación.

—Esto es lo que quiero, Paola. Estoy segura —le dijo, volviéndose hacia la puerta—. ¡Papá, ya estoy lista!

Cuando abrió la puerta, Enrico parpadeó, emocionado.

—Oh, *dolcezza*. ¡Estás magnífica!

Ana sonrió.

No consiguió sonreír, sin embargo, al ver la expresión de Vittorio cuando llegó a la capilla de Cazlevara. Sólo había una docena de invitados en los oscuros bancos de madera, unos pocos familiares y algunos amigos íntimos. Paola y Vittorio estaban frente al altar mientras ella recorría el pasillo del brazo de su padre, con el vestido que su madre había llevado el día de su boda.

Vittorio la miró durante un segundo con expresión horrorizada, pero enseguida se volvió tan indescifrable como siempre. Seguramente estaba preguntándose con qué clase de mujer iba a casarse... una que llevaba un vestido que la hacía parecer un merengue gigante, por lo visto.

Pero Ana levantó la barbilla y consiguió sonreír.

La ceremonia duró apenas unos minutos, o eso le pareció. Vittorio puso el anillo en su dedo, una antigua banda de oro, y luego sus labios, fríos y remotos, rozaron los de ella en el más casto de los besos.

Aun así, Ana tuvo que tragar saliva, nerviosa.

Después, salieron del brazo de la capilla para dirigirse al salón de banquetes del castillo, donde tendría lugar el almuerzo.

Ana miró su perfil. Tenía la mandíbula apretada y miraba fijamente hacia delante. Y pensó de nuevo que su marido era un extraño.

Su marido. Le resultaba extraño, incluso ridículo, pensar eso.

Pero emocionante también. Tragándose sus miedos, intentó recordar la determinación que había sentido antes de salir de casa.

–Será un banquete corto y luego podremos retirarnos –dijo Vittorio cuando un criado abrió las puertas del salón–. Imagino que estarás cansada.

–Sí, muy bien.

Él asintió con la cabeza y Ana se preguntó si tendrían ese tipo de conversación fría durante el resto de sus vidas.

¿Qué había hecho? ¿Por qué había aceptado esa boda?

Como la ceremonia, el banquete pasó a toda velocidad y, aun así, Ana se sintió incómoda, insegura. No era un matrimonio normal y los invitados parecían darse cuenta, de modo que tampoco fue un banquete normal.

Sus amigos la miraban con expresión incierta. Todos se habían quedado sorprendidos por el repentino anuncio de su boda, aunque eran demasiado amables como para decir nada, claro. Incluso la tía Iris, casi una extraña, la miraba con los labios fruncidos, como si sospechase algo. El hermano de Vittorio, Bernardo, apenas había estrechado su mano y Constantia no había dicho una sola palabra.

Ana hizo lo posible por charlar con las personas que tenía más cerca mientras comía un poco del delicioso *cicchetti* y de la especialidad de la región, *risotto* de langosta. Por supuesto, en el banquete se sirvió el mejor vino: un rico vino tinto con la pasta, blanco con el marisco y *prosecco* con sorbete de limón para el postre.

Cuando terminó el banquete Ana estaba exhausta y un poco mareada.

—Vamos, te ayudaré a quitarte el vestido —dijo Paola.

—Ah, claro.

La boda había terminado y ésa sería su noche de bodas.

Vittorio había sido impreciso sobre lo que esperaba de su primera noche juntos como marido y mujer. Había dicho que le daría tiempo para acostumbrarse a él, que no había necesidad de consumar el matrimonio la primera noche.

¿Pero qué quería hacer? ¿Y qué quería ella?

Ana sabía la respuesta a la segunda pregunta: a él.

Paola la llevó a una habitación con la chimenea encendida y una cama con dosel cubierta de terciopelo y satén. Era una habitación para la seducción, para el amor.

—¿Cómo sabías dónde teníamos que venir?

—Me lo dijo uno de los criados. Todo está muy organizado, ¿no?

—Sí, imagino que sí —murmuró Ana, un poco a la defensiva porque había detectado una nota de censura en el tono de su amiga.

—Bueno, cuéntame —Paola terminó de desabrochar los botones del vestido y la ayudó a quitárselo—. ¿Entonces es un matrimonio de conveniencia, como se hacía antiguamente? —le preguntó, señalando la cama.

–No, eso no –Ana carraspeó, nerviosa.

–¿Estás enamorada de él?

–No, pero no importa.

–¿No?

–Sé que tú te casaste por amor, Paola, pero eso no significa que los demás no podamos hacerlo por otras razones. Vittorio y yo queremos ser felices juntos y lo seremos.

Valientes palabras, pensó. Y una vez las había creído, por eso aceptó su proposición. Le había parecido sensato, pero mirando la cama ahora... no le parecía sensato en absoluto.

–Ah, casi se me olvida –Paola tomó una caja blanca con una cinta de seda color marfil–. Han dejado esto para ti. Imagino que será de Vittorio.

Dentro de la caja había un camisón exquisito, la prenda más bonita que había visto nunca. Era de seda, fina como un suspiro, con encaje bordado.

–Es precioso –murmuró Paola. Y Ana sólo pudo asentir con la cabeza.

Pero al ver la etiqueta tragó saliva.

–Es tres tallas más grande de lo que debería.

–A los hombres se les dan fatal estas cosas.

–Sí, claro, da igual –Ana volvió a guardar el camisón en la caja como si no importara.

Pero importaba. Se sentía dolida, a punto de las lágrimas, horriblemente vulnerable.

–Oye, que no pasa nada...

–Estoy bien, Paola, no te preocupes. Vittorio subirá enseguida, imagino. Puedes irte cuando quieras. Gracias por todo lo que has hecho. Sé que ha sido muy repentino...

–¿Seguro que estás bien? Puedo quedarme un rato más.

–No, prefiero estar sola un momento, si no te importa. No te preocupes por mí, de verdad que estoy bien.

Y si seguía diciéndolo, tal vez ella misma lo creería.

Cuando se quedó sola, paseó por la habitación, inquieta. Se decía a sí misma que no importaba que el camisón fuera demasiado grande, pero por mucho que repitiera las palabras como una letanía desesperada no podía creerlas.

Sí importaba. Vittorio debía pensar que era horrible y gorda, alguien a quien no podía desear a menos que tomase una generosa cantidad de alcohol. Y esos pensamientos eran otro golpe a su confianza, otro puñal en su corazón.

Quería que Vittorio subiera y, al mismo tiempo, no quería. Quería hablar con él, pero también deseaba esconderse. Y estaba furiosa consigo misma por tan absurda indecisión. Durante diez años había llevado el control de una bodega importante, de su vida, de sus emociones y ahora se sentía absolutamente perdida. Era una sensación que no le gustaba en absoluto.

Cuando sonó un golpecito en la puerta Ana suspiró, aliviada. Cualquier cosa sería mejor que seguir sola, dándole mil vueltas a todo. Decidida, se puso un albornoz que encontró en el armario y abrochó el cinturón a toda prisa antes de abrir la puerta.

Como imaginaba, Vittorio estaba al otro lado.

—¿Dónde estabas? —le preguntó, con más brusquedad de la que pretendía.

—Pensé que querrías estar sola un rato —respondió él—. Pero, por lo visto, me había equivocado.

—No, bueno, es que me preguntaba dónde estarías.

—Despidiéndome de los invitados.

Se había quitado la chaqueta y la corbata y llevaba los dos primeros botones de la camisa blanca desabrochados. Un poco despeinado, con sombra de barba, tenía un aspecto increíblemente sexy y, a pesar de todo, Ana sintió una punzada de deseo.

Vittorio le mostró la botella que llevaba en la mano.

–Te he traído un regalo.

–Ah, whisky. La verdad es que no me gusta.

–¿Ah, no? Pero la noche que jugamos al billar...

–Esa noche pedí un whisky porque pensé que así nos relajaríamos. Pero la verdad es que yo bebo muy poco.

–Podríamos haber tomado un café –dijo Vittorio, intentando sonreír.

–¿Café mientras se juega al billar? No, no pega nada. Además, ya que lo has traído supongo que podemos tomar una copa.

–¿No dices que no te gusta?

–Tal vez me acostumbre –dijo Ana.

Vittorio se quedó callado un momento. Sin duda estaba intentando decidir qué era lo mejor, lo más eficiente. Y ella estaba cansada de esa actitud. Como la última vez que tomaron un whisky juntos, se sentía arriesgada y desafiante. No era una sensación agradable, pero la hacía sentir viva.

–¿Hay algún vaso por ahí?

–Seguro que podemos encontrar alguno –murmuró Vittorio, entrando en el cuarto de baño. Volvió un segundo después con dos vasos y le ofreció uno a ella–. Me temo que no hay hielo.

–No importa, creo que lo prefiero así.

–Yo también –dijo él. Estaba tan cerca que su aliento acariciaba su cuello–. *Cento anni di salute e felicità* –brindó Vittorio después de servir el whisky.

Bebieron al mismo tiempo y, afortunadamente, como le había ocurrido aquella noche, Ana consiguió no atragantarse.

—¿Estás bien?

—Nunca he estado mejor —contestó ella, desafiante.

Vittorio la miró, un poco sorprendido.

—Ana...

—Gracias por el camisón, por cierto. Es precioso. ¿Debería ponérmelo esta noche? Porque me temo que es un poco grande —ella rió entonces, nerviosa—. Creo que no soy tan gorda como crees.

Vittorio tomó el camisón y lo miró, pensativo.

—Es un camisón precioso, pero me temo que no es un regalo mío. En lo que se refiere a tu ropa, creo que he aprendido la lección.

—Pero Paola me dijo que era tuyo.

—No, no es mío, pero imagino quién lo ha enviado.

—¿Quién?

—Mi madre. Enviar una prenda demasiado grande... ése es el tipo de truco al que recurre mi madre para hacer daño. Te lo digo en serio, lo sé muy bien.

De repente, el camisón dejó de tener importancia.

—Vittorio, ¿qué ha ocurrido entre tu madre y tú? Y con tu hermano también. ¿Por qué sois tan fríos unos con otros?

Él sacudió la cabeza, muy serio.

—Son cosas del pasado, nada que tú tengas que saber.

—Pero no lo has olvidado, ¿verdad? Sé que estás dolido y...

—Es muy tarde —la interrumpió Vittorio— y necesitas dormir. Nos vemos por la mañana.

Ana lo miró, decepcionada. Le gustaría pedirle que se quedase, pero no iba a hacerlo. No podía empezar su matrimonio suplicándole a su marido. Y, sin embargo, ¿por qué se iba? ¿Estaba siendo sensible o sencillamente indiferente?

—Muy bien —murmuró.

Vittorio alargó una mano para acariciar su mejilla y Ana cerró los ojos.

—Todo saldrá bien, *rondinella*. Sé que ahora mismo es un poco incómodo, pero todo saldrá bien.

Ella asintió con la cabeza, sin atreverse a hablar porque sabía que se le rompería la voz.

Vittorio salió de la habitación y murmuró una palabrota cuando se cerró la puerta. Su madre había intentado que quedase mal delante de Ana, romper el tenue lazo que estaba creando con su esposa. Y si seguía allí seguiría intentando envenenar su relación de todas las maneras posibles.

Sin embargo, no podía pedirle que se fuera. No lo haría nunca. Había sido él quien se marchó años atrás porque se sentía como un extraño en su propia casa, alguien no deseado. Había sido más fácil marcharse.

Vittorio pensó en la desilusión que había visto en los ojos de Ana. Ella quería que se quedase, lo sabía. Incluso quería que le hiciera el amor. Y también él había querido, pero se marchó como si fuera un crío inexperto. La idea casi lo hizo reír. Era tan fácil imaginarse tomándola entre sus brazos, quitándole aquel voluminoso albornoz como si fuera un regalo...

Pero no era un regalo. Su nueva esposa no era un objeto y era ese pensamiento lo que había impedido que se quedara y consumaran el matrimonio porque sólo habría sido eso, una consumación, un acto sin alma. Y él tenía miedo de hacerle daño.

Pero no era el momento de volverse sensible, pensó entonces, deteniéndose en medio del pasillo. Estuvo a punto de volver al dormitorio para demostrarse a sí mismo que no había cambiado, pero entonces recordó el brillo en los ojos grises de Ana, tan grandes, tan luminosos, pero oscurecidos de desilusión cuando le dijo que se iba. Furioso consigo mismo y sin saber lo que debía hacer, Vittorio siguió caminando.

Capítulo 8

LOS DÍAS SIGUIENTES fueron deprimentes para Ana, sencillamente porque todos eran iguales. En realidad, era como si no estuviera casada. Desayunaba con Vittorio en el castillo, a menudo en silencio, se iba a la oficina y volvía por la tarde para cenar con él. Pero apenas hablaban.

Vittorio parecía particularmente taciturno y los pequeños regalos que solía enviarle antes de casarse habían cesado. No sabía si estaba simplemente satisfecho con su matrimonio o lamentaba haberse casado con ella. Supuestamente, aquél era un período de ajuste para los dos, pero en su opinión estaba siendo un fracaso. No estaban ajustando nada, al contrario.

Constantia y Bernardo estaban alojados en el castillo, pero parecían evitarlos y comían y cenaban en sus habitaciones. En resumen, eran una familia totalmente infeliz y, después de tres días, Ana decidió que no iba a soportarlo más.

Encontró a Vittorio en el comedor, leyendo el periódico durante el desayuno, pero apenas levantó la mirada al verla entrar.

—Uno diría que llevamos treinta años casados, no tres días.

—¿Qué quieres decir?

—Quiero decir que durante los últimos tres días, los únicos tres días que hemos estado casados, me has ignorado por completo. ¿Lamentas tu decisión, Vittorio? Porque imagino que sabrás que podemos anular el matrimonio.

Él dejó el periódico sobre la mesa.

–No tengo el menor deseo de anular nuestro matrimonio.

–Y tampoco pareces tener el menor deseo de portarte como un hombre casado.

Vittorio tomó un sorbo de café, mirándola por encima del borde de la taza.

–Quería darte tiempo –dijo por fin–. Pensé que podría ser difícil para ti.

–Sentir que éste no es mi sitio, que no estamos casados en realidad, también es difícil para mí –replicó ella.

–Muy bien, de acuerdo. Estaba haciendo la lista de invitados para la fiesta de la que te hablé. He pensado que podríamos organizarla el viernes, dentro de dos días. Si quieres añadir algún nombre, dímelo –Vittorio hizo una pausa–. Tal vez cuando anunciemos a todo el mundo que nos hemos casado te sentirás casada de verdad.

Después de decir eso se levantó y Ana dejó escapar un suspiro. Sólo se sentiría como una mujer casada cuando él la tratase como su marido. En todos los sentidos, como había dicho tantas veces.

A solas en el comedor, tamborileó con los dedos sobre la mesa de caoba mientras tomaba un sorbo de café. El castillo estaba en silencio y se sentía tan sola.

«Yo no pensaba que sería así».

Enfadada consigo misma, se levantó de la silla. El comedor, como otras habitaciones del castillo, había sido reformado el siglo anterior y tenía unos ventanales desde los que se podía ver el jardín y el foso, ahora sin agua. El jardín tenía un aspecto precioso y las habitaciones eran acogedoras, pero no le parecía un hogar.

Sin darse cuenta de lo que hacía, Ana se llevó una mano a la cara y cuando la apartó estaba húmeda. Ella no lloraba, ni siquiera lloró cuando murió su madre. Durante todos esos años horribles en el internado no lloró y tampoco lo hizo cuando Roberto la rechazó. Pero estaba llorando ahora. Aceptaba que Vittorio no la amaba, incluso estaba preparada para que no la deseara como lo deseaba ella, pero no había contado con que la evitase de esa forma.

¿Cómo iba a hacer eso su vida más fácil?

–¿Vittorio te ha dejado sola?

Ana se volvió al escuchar la voz de Constantia. La madre de Vittorio estaba en la puerta, sin duda preparada para hacer una entrada espectacular, y Ana se obligó a sí misma a sonreír. No le apetecía lidiar con ella en ese momento.

–Se ha ido a trabajar y yo me marcho ahora mismo –respondió–. Los dos estamos muy ocupados.

–Sí, claro –Constantia entró en el comedor, seguida de Giulia, su criada personal, que llevaba una bandeja de café y bollos recién hechos–. Dime una cosa, Anamaria, ¿te gusta la vida de casada?

Ana, de nuevo, intentó sonreír.

–Sí, claro, mucho.

La madre de Vittorio se sentó a la mesa y Giulia le sirvió un café.

–Vittorio se parece mucho a su padre. Y yo sé que no es fácil vivir con él.

Ana recordó entonces el comentario de su padre: «Arturo era un buen hombre, pero muy duro. Implacable incluso».

–¿Qué quieres decir?

–Vittorio no es una persona afectuosa, sensible –Constantia hizo una pausa–. Nunca te querrá.

Ana tuvo que tragar saliva para disimular su angustia.

—No espero que me quiera.

—Puede que te hayas convencido de eso ahora, ¿pero podrás hacerlo durante años?

Había tanta experiencia, tanto dolor en esas palabras.

—¿Eso es lo que te pasó a ti?

Constantia dejó la taza de café sobre el plato y Ana notó que le temblaban un poco las manos.

—Sí, eso es lo que me pasó. Yo amaba a Arturo Cazlevara desde que era una cría. Éramos vecinos, como Vittorio y tú. Todo el mundo aprobaba nuestro matrimonio, todos pensaban que era una boda fabulosa. Arturo jamás dijo que no me quisiera, por supuesto, y en apariencia era amable, considerado. Como Vittorio, seguro. Pero aquí —Constantia se llevó una mano al corazón—, aquí yo sabía la verdad.

Los ojos de Ana se llenaron de lágrimas que intentó contener a toda costa.

—La consideración, el afecto y la amabilidad también son importantes.

La madre de Vittorio rió entonces, el sonido lleno de amargura.

—¿Tú crees? Pues yo creo que esos sentimientos te hacen sentir como un cachorrito al que acarician la cabeza y le dicen que se vaya y no moleste más. No es muy agradable sentirse como un perrito, ¿no te parece?

—No lo sé, nunca me he sentido así.

—Te asombraría saber las cosas que te obliga a hacer la frialdad de otra persona, las cosas que haces aunque las odies y te odies a ti misma por ello —después de tomar su café, Constantia se levantó de la silla mirando a Ana con una sonrisa fría. Y su actitud desdeñosa la hizo pensar que lamentaba aquel momento de sinceridad–. Tal vez para ti será diferente. Espero que así sea.

–Es diferente –dijo ella–. Porque yo tampoco amo a Vittorio.

–¿De verdad? –su suegra sonrió, burlona, antes de salir del comedor.

Y sus palabras se repitieron en la cabeza de Ana durante toda la mañana. Pero era absurdo, ella no amaba a Vittorio. Le parecía un hombre guapísimo, desde luego, pero no se amaba a nadie sólo por su aspecto físico.

Sin embargo, sabía que en su marido había algo más que un aspecto físico atractivo. Cuando estaba con él se sentía viva, emocionada. Quería verlo sonreír sólo para ella, que le susurrase palabras bonitas...

Quería que la amase. Y quería amarlo.

Quería amor.

–¡No! –el grito hizo eco entre las paredes de su despacho–. No –repitió en voz baja, casi como una plegaria. Ella no podía querer amor, no podía porque Vittorio no iba a dárselo.

No conocía la historia de Constantia y Arturo, pero el rostro de su suegra era la viva imagen de la amargura y la desilusión cuando hablaron esa mañana. Y ella no quería eso. Pero si quería el amor de Vittorio, aunque aún no estaba convencida de ello, sólo era una cuestión de tiempo que terminase como su suegra, infeliz, recorriendo a solas los pasillos del castillo de Cazlevara, maldiciendo la felicidad de los demás.

Esa tarde, Ana salió temprano de trabajar y tomó el ferry para ir a Venecia. Mientras pasaba por el Puente de la Libertad se preguntó qué estaba haciendo y por qué. ¿Por qué había reunido valor para llamar a la boutique a la que Vittorio la había llevado antes de

su matrimonio? ¿Por qué había quedado con la delgadísima Feliciana para probarse ropa?

Se decía a sí misma que era porque necesitaba ropa
nueva ahora que era la condesa de Cazlevara, pero sabía que no era cierto. Quería que Vittorio la viese de
otra manera, como a una esposa y una esposa a la que
pudiese amar.

Y esa idea la aterrorizaba.

—¡Condesa! —la saludó Feliciana en cuanto entró
en la boutique, levantándose para besar al aire como
era la costumbre entre cierto tipo de personas de la
alta sociedad. Ana se sentía gigante en aquel sitio y,
además, Feliciana debía medir veinte centímetros menos que ella.

—He apartado algunas cosas para usted que le que-
darán muy bien —dijo la joven, llevándola a un salón
privado de la boutique.

—¿Está segura? —murmuró Ana, escéptica.

—Por supuesto que sí. Nuestros vestidos siempre
quedan bien —la dependienta sonrió, segura de sí
misma—. Bueno, vamos a ver. Lo primero, un vestido
para la fiesta de la que me ha hablado, es lo más importante.

—Sí, supongo que sí.

—Como es una ocasión formal, he pensado que podría probarse esto —Feliciana le mostró un vestido—.
Tiene que dejar de esconderse bajo esos horribles trajes de chaqueta. Parece avergonzarse de sí misma.

—No, yo no...

—Sí se avergüenza —la interrumpió ella, poniendo
una mano en su brazo—. Mi trabajo no consiste en
afear a las mujeres, sino en todo lo contrario. Confíe
en mí, yo sé lo que hago. Ha entrado en la tienda con
los hombros hacia delante y la cabeza baja, como si
se avergonzase de ser tan alta.

–Pero yo... –Ana estaba perpleja.

–Es usted alta y eso es una suerte. ¿Sabe cuántas mujeres darían lo que fuera por ser tan altas? Y es guapa, pero no lo sabe aún –Feliciana señaló el vestido–. Pero cuando se pruebe este vestido... se va a llevar una sorpresa.

Era tan convincente que Ana se lo probó. El vestido se ajustaba a sus curvas como una segunda piel, marcando sus caderas y la curva de sus pechos. El escote estaba cubierto por un encaje hecho a mano que lo hacía bonito pero discreto y la falda recta caía hasta el suelo. Ana metió la tripa mientras Feliciana abrochaba la cremallera, pero no había necesidad porque el vestido le quedaba perfectamente.

De modo que hacían vestidos de ese tipo en su talla...

Pero no se atrevía a mirarse al espejo. No tenía miedo exactamente, pero tampoco quería llevarse una desilusión.

–Un minuto... –Feliciana la miró con las manos en las caderas y luego, sin previo aviso, le quitó el prendedor del pelo, dejando que cayera sobre sus hombros–. Ah, perfecto.

¿Perfecta, ella?

–Nunca se había visto con un vestido así, ¿verdad?

No, jamás se había atrevido a entrar en una de esas boutiques. Compraba en tiendas de lujo, pero siempre iba directamente a los trajes de chaqueta y pantalón. Y cuando se miró al espejo pensó que estaba viendo visiones. Estaba mirando a una extraña, a una mujer a la que no conocía, una mujer sexy, segura de sí misma.

–No puede ser...

–¿No le gusta?

–No me gusta, me encanta –le confesó Ana.

Feliciana sonrió de oreja a oreja.

–Ah, menos mal. Porque tengo al menos otros seis vestidos apartados para usted.

Cuando salió de la boutique, Ana había comprado cuatro vestidos, dos conjuntos, varias faldas y tops y tres pares de zapatos, incluyendo unos plateados con tacón de aguja que se negaba a comprar hasta que Feliciana le recordó:

–Su marido mide diez centímetros más que usted, así que puede ponerse zapatos de tacón.

Jamás en su vida había usado zapatos de tacón y seguramente se caería de bruces. Ana rió como una colegiala, feliz. Se sentía guapa, femenina, frívola y divertida. Lo había pasado muy bien en la tienda y estaba deseando que Vittorio la viese con ese vestido.

Pero el viernes, en la escalera que llevaba al impresionante vestíbulo del castillo, no se sentía tan segura de sí misma. Estaba nerviosa y temía que a Vittorio no le gustase el vestido. O peor aún, que no se fijase. Apenas se habían visto durante esos dos días, aparte de las horas de las comidas, y Ana pasaba las noches sola. Era una esposa sólo de nombre, pero quería que eso cambiara esa misma noche.

Vittorio, con un elegante traje de chaqueta gris, la esperaba abajo, tamborileando con los dedos en la barandilla.

–¿Ana? –la llamó, sin disimular su impaciencia–. ¿Estás lista? Los invitados deben de estar a punto de llegar.

–Sí –contestó ella, intentando que no le temblase la voz–. Estoy lista.

Vittorio la oyó bajando la escalera, pero no levantó la cabeza inmediatamente. Tenía que prepararse para el aspecto que tendría aquel día su mujer. Cada vez que recordaba el vestido de novia... Ana le había dicho que podría comprarse vestidos bonitos si quisiera, pero él no entendía por qué no lo hacía. Por qué insistía en ponerse esos aburridos trajes de chaqueta. Aunque no había tomado eso en consideración cuando decidió casarse con ella.

¿Por qué había decidido casarse con ella?, se preguntó entonces. La idea de unir los viñedos le parecía absurda ahora como razón para un matrimonio. Por supuesto, cuando su madre habló de un heredero, de inmediato había pensado en el matrimonio y para eso necesitaba una esposa. Un objeto. Pero entonces había visto el brillo de vulnerabilidad en los ojos de Ana, había sentido la suavidad de su piel, había respirado ese aroma que era sólo suyo... y había sabido que esposa y objeto no eran dos palabras que pudieran unirse en la misma frase.

Ana era una persona y no sólo eso, era su mujer, a la que debería proteger y querer por encima de todo. La persona a la que debería amar. Y no tenía ni idea de qué hacer con ella.

Era por eso por lo que la evitaba desde la boda y la razón por la que aún no se había acostado con ella. Había pensado que aquel acuerdo entre los dos sería satisfactorio y eso era lo que quería. Y, sin embargo, la frialdad de ese acuerdo le parecía... desagradable. Aunque no amaba a Ana, ni siquiera sabía si era capaz de tal emoción. Su vida había estado siempre centrada en el trabajo, en promocionar la bodega Cazlevara, en mantener su reputación y su influencia intentando olvidar la familia rota que dejaba detrás. Las mujeres con las que se había relacionado jamás le habían tocado el corazón.

Pero Ana... Ana, con su sinceridad y sus dulces ojos grises, con esa supuesta confianza bajo la que escondía una tremenda vulnerabilidad, su alta y rotunda figura, su olor a tierra, la tierra en la que los dos habían crecido...

Ana había conseguido atravesar sus defensas y meterse en su corazón. Vittorio siempre se había enorgullecido de ser un hombre lógico, sensato, tal vez incluso frío y, sin embargo, no se acostaba con su mujer por miedo a... ¿qué? ¿A hacerle daño?

Le había dicho a Ana con toda claridad que no estaba dispuesto a amarla. El amor, le había dicho, era una emoción destructiva y tal vez era eso lo que temía. Tenía miedo de que su amor la destruyese, que arruinase su matrimonio.

Su amor era destructivo.

—¿Vittorio? —un segundo después, sintió la mano de Ana en la manga de su chaqueta, su voz apenas un suspiro.

Y cuando se dio la vuelta se quedó helado. La mujer que estaba frente a él era una visión etérea de encaje blanco. No, no era etérea, se corrigió a sí mismo, era muy real y preciosa. Y era su mujer.

—Estás... —empezó a decir, intentando disimular su sorpresa.

El vestido se pegaba a su figura como una segunda piel. No se había dado cuenta de que tuviese una figura tan bonita, tan voluptuosa, tan perfectamente proporcionada. Una vez le había parecido masculina, pero pensar eso ahora era ridículo porque nunca había visto una mujer más femenina.

—Estás increíble —dijo por fin, con total sinceridad.

Y Ana sonrió.

—Gracias.

Tenía una sonrisa preciosa. Antes había pensado que sus dientes eran perfectos, pero ahora veía que la sonrisa transformaba su rostro por completo, suavizando los ángulos y haciendo que sus ojos brillasen como nunca.

Increíble. Su mujer era increíble.

Y Vittorio hizo lo único que podía hacer: besarla.

Al apretarla contra sí notó sus generosas curvas, asombrado de no tener que inclinarse. ¿Por qué había besado a mujeres más bajitas? Le dolía la espalda sólo de pensarlo.

Y los labios de Ana eran suaves, cálidos y tan generosos como el resto de ella. Sólo había querido darle un beso rápido, pero una vez que empezó no podía parar. El beso se alargó y Ana le echó los brazos al cuello, apretándose contra él hasta que alguien tras ellos se aclaró la garganta.

—Perdonad que interrumpa tan enternecedora escena —dijo Bernardo—, pero los invitados están llegando.

—Muy bien —Vittorio se apartó para tomar a su mujer por la cintura y Bernardo la miró con cara de sorpresa.

—Vaya, no estás nada mal, Ana.

—Ésa no es manera de hablarle a mi esposa —lo regañó Vittorio.

Bernardo levantó una ceja.

—¿No era eso lo que tú estabas pensando? Perdóname, Ana, no quería insultarte. Estás muy guapa.

Vittorio no dijo nada. No era el momento de discutir con su hermano, pero así era como actuaba Bernardo por costumbre: hacía daño con una mano y acariciaba con la otra. Era imposible pelearse con él o al menos ganar una pelea, lo había aprendido mucho tiempo atrás. Cuando se peleaban de pequeños, Constantia se ponía del lado de Bernardo y su padre del suyo. Ellos habían sido el arma más poderosa en aquella guerra sin fin.

–No me he ofendido –dijo Ana–. Yo estaba pensando lo mismo.

Bernardo sonrió antes de alejarse por el vestíbulo y Vittorio apretó la cintura de su mujer, pero no pudo darle las gracias por ser tan amable ya que los primeros invitados se dirigían hacia ellos.

Ana se movía por la fiesta como si caminara entre nubes. Nunca olvidaría la expresión de Vittorio cuando la vio esa noche. Había esperado que la felicitase por elegir ese vestido, pero no la alegría que había visto en sus ojos. Se había alegrado de verla, la quería a su lado. Y la había besado...

Todas sus esperanzas secretas, sus ilusiones, parecieron tomar alas y no era capaz de contenerlas. Durante años se había negado a sí misma esos sueños, sabiendo que sólo le llevarían desilusión, pero cuando Vittorio la miró se había sentido como una mujer deseada por primera vez en su vida.

Apenas se habían separado en toda la noche porque él la quería a su lado, de modo que Ana reía y charlaba con los invitados más alegre que nunca, más segura de sí misma porque Vittorio sólo la soltaba cuando era absolutamente necesario. Y el deseo crecía con cada minuto que pasaba, un deseo que exigía ser satisfecho.

Esa noche, se dijo a sí misma. «Esta noche vendrá a mí». Y a medida que pasaban las horas esa certeza aumentaba.

Vittorio se sentía tan orgulloso de tener a Ana a su lado que sentía como si estuviera en una nube. Estaba deseando quedarse a solas con ella para besarla, para tocarla...

–Estaba guapísima mi Ana, ¿verdad? –le había dicho Enrico Viale al principio de la fiesta. Y Vittorio se dio cuenta de que no se refería a aquella noche, sino al día de la boda–. Era el vestido que llevó mi esposa cuando nos casamos, yo le pedí que se lo pusiera.

Vittorio se había quedado sin habla, asombrado por la lealtad y la generosidad de su esposa. Sin duda, Ana sabía que el vestido no era adecuado para ella y, sin embargo, se lo puso porque Enrico se lo había pedido.

¿Esperaría Ana la misma lealtad por su parte cuando no sabía qué hacer con ella, cómo tratarla, cómo amarla?

Amor. Pero él no quería amor...

Cuando los últimos invitados se marcharon, los coches perdiéndose por el camino, Vittorio se preguntó dónde demonios tenía la cabeza cuando pensó que podía adquirir una esposa. Y a quién había querido impresionar casándose con Ana Viale.

–Bueno, Vittorio, ha sido un éxito.

Él se volvió al escuchar la voz de su madre, que estaba en la puerta del salón, fría y elegante como siempre con una túnica de satén color marfil. Ésa era la persona cuya aprobación había buscado, se dio cuenta entonces. Y qué absurdo era considerando que su madre no había mostrado el menor afecto por él desde que tenía cuatro años, cuando nació su hermano.

Estaba celoso, pensó entonces, incrédulo. Después de tantos años, su deseo de volver a casa y demostrarles a todos que había triunfado, que podía conseguir lo que quería, estaba provocado por los celos que siempre había sentido de Bernardo. Era patético.

–Eso parece –murmuró.

–¿No estás contento? –le preguntó su madre, con

ese tono cáustico que aún podía hacer que se pusiera tenso en un segundo.

«Vete, Vittorio, déjame en paz».

En ese momento se sentía como el niño que había sido una vez, el que tiraba de la manga de su madre desesperado por enseñarle un dibujo o por recibir un abrazo. Pero ella se daba la vuelta, apartando su cara y su corazón. Su madre adoraba a Bernardo, al que mimó hasta el exceso, y desde que nació su hermano él se había vuelto invisible.

Vittorio emitió un suspiro de impaciencia, disgustado consigo mismo. ¿Por qué recordaba esas cosas de la infancia? Había vivido con el rechazo de su madre durante años y había aprendido a resignarse, a olvidar su traición tras la muerte de su padre...

Pero era evidente que no lo había hecho porque las emociones seguían allí y eso lo enfurecía. ¿Qué hombre adulto se dolía por la falta de cariño de una madre? Era ridículo, una vergüenza.

—Al contrario, estoy muy contento.

—Ah, Vittorio, nada es suficiente para ti, ¿verdad? —se burló Constantia entonces—. Eres igual que tu padre.

—Me lo tomaré como un cumplido.

Aunque sabía que su madre no había pretendido que lo fuera.

—Por supuesto que sí —dijo ella, irónica.

Impaciente con la conversación, Vittorio se encogió de hombros.

—¿Dónde está Ana?

Constantia levantó una ceja.

—¿Por qué te importa?

—Porque es mi mujer —respondió él. Y quería saber dónde estaba, quería verla de inmediato, ver su sonrisa...

–Una mujer a la que no amas.

Vittorio se puso tenso de nuevo.

–Eso no es asunto tuyo.

–¿No lo es? –Constantia dio un paso adelante y Vittorio vio furia en sus ojos pero también algo más. Algo que no reconocía y que parecía un brillo de dolor–. Tú no sabes lo que es amar a alguien que no te corresponde...

–¿Tú crees? –la interrumpió él.

–Sí –dijo su madre, un poco sorprendida.

Él sacudió la cabeza, incrédulo, pero no tenía intención de explicárselo.

–¿Sabes dónde está Ana?

–Le vas a romper el corazón a esa chica. Destrozarás su vida...

Vittorio sintió una opresión en el pecho. «El amor es una emoción destructiva». Pero la idea de hacerle daño a Ana le parecía terrible, insoportable.

–¿Por qué te importa?

–Porque es una buena persona.

–Demasiado buena para mí, ¿es eso lo que quieres decir?

Constantia suspiró, impaciente.

–Yo he cometido muchos errores contigo, lo sé. Y hay muchas cosas que lamento. Pero este matrimonio sólo puede terminar mal y en nuestra familia ya ha habido suficientes amarguras.

¿Lo decía como si la amargura de su familia fuera culpa suya?, se preguntó él, perplejo.

–En eso estamos de acuerdo, madre. Pero me parece raro que la causante de esa amargura quiera acabar con ella de repente.

Constantia parpadeó como si la hubiera abofeteado.

–Sé que me culpas a mí...

–¿Te refieres al intento de robar mi herencia cuando

mi padre llevaba apenas unas horas en su tumba? ¿A tu intención de llevar el testamento a los tribunales para darle el título de conde de Cazlevara a mi hermano?

Constantia sostuvo su mirada.

–Sí, Vittorio, me refiero a eso. Dios sabe que nunca dejarás que lo olvide.

–Uno no olvida que le han clavado un cuchillo por la espalda –replicó él.

Aún lo recordaba perfectamente. Cuando volvió del funeral de su padre, deshecho de dolor, descubrió que su madre había llamado a un abogado con intención de cambiar los términos del testamento, desheredándolo completamente y dándoselo todo a Bernardo. Su falta de cariño durante la infancia había llevado a ese momento brutal en el que entendió que su madre no sólo no lo quería, sino que lo odiaba. Que haría lo que fuera necesario para evitar que heredase lo que era suyo.

Y nunca lo olvidaría. No podía hacerlo.

–No –dijo Constantia entonces–, uno no olvida ciertas cosas, ya lo sé. Pero cuando a una mujer se le niega el amor no es sólo un cuchillo en la espalda, es un puñal en el corazón. Por ella, ya que no por mí, no le hagas daño.

–Bonitas palabras –se burló Vittorio–. ¿Ahora resulta que aprecias a mi mujer?

–Yo sé lo que siente –dijo su madre antes de salir del salón.

Esas palabras se repetían en su cabeza una y otra vez, por mucho que Vittorio quisiera olvidarlas.

«Yo sé lo que siente». ¿Qué quería decir, que había amado a su padre y su padre había rechazado ese amor? En opinión de Vittorio, el suyo había sido un matrimonio de conveniencia, como el que él había pretendido con Ana. Pero la relación de sus padres se había convertido en odio, y al pensar que también pudiera pasarle a ellos...

Todas las penas, todas las decepciones del pasado habían vuelto esa noche y Vittorio no sabía por qué.

Ana.

Ella lo afectaba como no lo había afectado nadie. Hacía que se sintiera confuso, expuesto y, sobre todo, lo hacía desear algo...

Amor.

Irritado, masculló una maldición.

–¿Vittorio?

Cuando se dio la vuelta vio a Ana en la puerta, su rostro casi tan pálido como el vestido.

–¿Has escuchado la conversación? –le preguntó, su tono seco, casi brutal.

Ella hizo una mueca.

–Lo suficiente. Demasiado, creo.

–Ya te dije que era mejor no conocer la historia de mi familia –Vittorio se encogió de hombros mientras se servía un whisky–. ¿Quieres beber algo?

–No, quiero que hablemos.

Él tomó un largo trago y dejó que el alcohol le quemase la garganta.

–Muy bien, adelante.

Sabía que estaba siendo cruel, pero no podía evitarlo. La conversación con su madre, sus sentimientos por Ana, todo aquello era demasiado para él y se sentía vulnerable, asustado.

Y odiaba sentirse así.

–¿De qué querías hablar?

Ana miró a su marido, que fingía indiferencia cuando ella sabía que sentía todo lo contrario. Estaba dolido. No había escuchado toda la conversación, no sabía cuándo habían empezado los problemas entre ellos, pero sí sabía que no habría una oportunidad para su matrimonio si Vittorio seguía anclado en el pasado.

—Dime qué pasó —murmuró.

—¿A qué te refieres?

—Con tu madre —dijo Ana.

—No te compadezcas de mí, no podría soportarlo.

—Sólo quiero entender...

—Es muy sencillo: mi madre no me quería. Qué historia tan patética, ¿verdad? Un hombre de treinta y siete años llorando por su mamá.

—Hay algo más, estoy segura —dijo ella.

—Unos cuantos detalles aburridos —Vittorio se encogió de hombros—. Mis padres se odiaban y cuando nació Bernardo se establecieron dos campos de batalla. Yo era de mi padre y Bernardo de mi madre.

—¿Qué quieres decir?

—Muy sencillo, mi padre no tenía ni tiempo ni paciencia para Bernardo y mi madre no los tenía para mí. Nos usaban como armas en sus peleas y mi padre, que era un buen hombre, me entrenó bien...

—Pero era un hombre duro —lo interrumpió Ana.

—¿Quién te ha dicho eso?

—Mi padre. Me dijo que Arturo era un buen hombre pero duro, implacable.

Vittorio dejó escapar un suspiro.

—Tal vez sea cierto, pero él sabía que yo debía heredar el título y quería entrenarme bien para el papel.

Ana podía imaginar lo que había sido su infancia, especialmente si Bernardo no recibía el mismo tratamiento.

—¿Y tu hermano?

—Mi madre le dio todo su cariño y todos sus mimos, era su caniche.

Ser excesivamente mimado era tan malo como ser exageradamente disciplinado por un progenitor, pensó ella.

—Parece que los dos tuvisteis una infancia difícil.

—¿Los dos? —repitió Vittorio, incrédulo—. Bueno, tal vez, no lo sé.

Parecía aburrido, pero Ana sabía que era una forma de enmascarar sus sentimientos. Nadie quería hablar de los recuerdos tristes ni admitir cuánto te habían dolido.

—¿Qué pasó cuando murió tu padre?

—Mi madre hizo lo que llevaba planeando desde que nació Bernardo: intentar robarme la herencia.

Ella lo miró, perpleja. ¿Por qué haría Constantia algo así? Al fin y al cabo, Vittorio también era su hijo. Y, sin embargo, creía conocer la respuesta.

«Te asombraría saber las cosas que te obliga a hacer la frialdad de otra persona, las cosas que haces aunque las odies y te odies a ti misma por ello».

Y aquella noche le había dicho que era igual que su padre. ¿Habría transferido el odio que sentía por Arturo hacia su hijo? Parecía posible, aunque muy triste.

—Lo siento mucho, de verdad.

—No lo sientas —dijo él—. No consiguió nada. Mi padre era demasiado inteligente como para no dejarlo todo bien atado, tal vez porque sospechaba lo que tramaba. De modo que su testamento permaneció intacto y Bernardo no heredó un solo céntimo.

—¿No heredó nada?

—Nada.

—Pero imagino que le correspondería una parte.

—No heredó nada, afortunadamente. Se lo habría gastado todo.

—¿Pero entonces de qué vive?

Vittorio se encogió de hombros.

—Trabaja en la bodega como ayudante.

—Como ayudante —repitió Ana.

—¿Quieres decir que no es suficiente? ¿Ese hermano que me lo hubiera quitado todo? ¿Crees que él habría tenido compasión de mí?

Ella negó con la cabeza.

—No lo sé, pero si tu madre hizo eso cuando tu padre murió, tú tenías entonces...

—Catorce años.

—¿Y Bernardo?

—Diez —respondió Vittorio—. ¿Te estás poniendo de su lado, Ana? ¿No recuerdas lo que te dije, lo que esperaba de ti?

Su tono era agrio, frío, y ella parpadeó, desconcertada.

—¿Qué...?

—Lealtad, Ana. Te dije que algunas personas de mi entorno intentarían desacreditarme y tú prometiste serme leal.

—Yo sólo estoy intentando entender.

—Tal vez yo no quiero que entiendas porque si lo entendieras... —Vittorio sacudió la cabeza con una expresión que le pareció casi de temor. Pero entonces, de repente, la tomó entre sus brazos para besarla.

Pero no era un beso en realidad. Estaba castigándola por su curiosidad y recordándole su promesa. Y en ese beso sintió toda su furia, todo su dolor e incluso todo su miedo. Y, a pesar de la pena que le produjo, se apretó contra él, deseando transformar ese abrazo enfadado en algo bueno...

—¡No! —exclamó él entonces, apartándose.

Ana se llevó una mano al corazón, perpleja. Los dos respiraban como si acabasen de terminar una carrera. Y la hubieran perdido.

–Vittorio...

–No –repitió él, pasándose una mano por el pelo–. No, así no. Que Dios me ayude, yo no quería esto.

–Pero...

–Ya te dije que el amor era una emoción destructiva.

¿Amor? ¿Aquello era amor?, se preguntó ella. ¿Aquella confusión, aquel dolor?

–No tiene por qué ser destructivo.

–Conmigo lo es. Déjame, Ana. Necesito estar solo un momento.

Ella estaba indecisa, pero intuía que marcharse sería lo peor que podría hacer.

–No –dijo por fin–. No quiero irme.

–¿Qué?

–Estamos casados, Vittorio. No pienso salir corriendo como una niña asustada. Y tampoco voy a dormir sola esta noche. Soy tu mujer y debemos dormir juntos. Abrázame y deja que te abrace –le dijo, con los labios temblorosos–. Tal vez juntos, por un momento, podamos olvidar toda esta amargura.

Cuando él negó con la cabeza se le encogió el corazón. Había pensado que podría llegar a él, que conseguiría tirar la barrera que había construido para protegerse. Y no podría soportar otro rechazo.

Pero entonces, asombrada, vio que Vittorio alargaba una mano para tomar la suya y, en silencio, la llevaba hacia el pasillo.

Capítulo 9

ANA DESPERTÓ con la luz del sol que entraba por la ventana. Pero lo mejor de todo era que despertó con el brazo de Vittorio sobre ella, la cabeza apoyada en el hombro de su marido. Ana respiró el aroma de su piel que tanto le gustaba, que tanto amaba.

Sí, lo amaba. Parecía tan obvio, tan simple a la limpia luz del día. El amor era algo confuso, desconcertante y lleno de dolor. Abrirle tu corazón y tu cuerpo e incluso tu alma a otra persona daba miedo. Lo arriesgabas todo, tu salud, tu felicidad, tu bienestar y, sin embargo, ganabas tanto a cambio.

Ana se apartó de Vittorio para mirarlo. Dormido, sus facciones eran más suaves y cuando tocó su cara sintió que se le encogía el corazón. Sí, el amor dolía.

Aquel amor dolía porque, aunque ella lo amaba, dudaba que Vittorio sintiera lo mismo.

«El amor es una emoción destructiva».

Estaba empezando a entender por qué creía tal cosa. El amor de Constantia por su marido había sido destructivo y esa infelicidad provocó una relación insana con sus dos hijos. Sin haber recibido el cariño de su madre y con un padre tan estricto, Ana casi podía entender que Vittorio no quisiera saber nada de esa emoción.

«Pero mi amor no sería destructivo, mi amor te curaría».

Ana pasó un dedo por una de sus cejas, despacio, para no despertarlo. Pero cuando él movió la cabeza se apartó, conteniendo el aliento. Temía que, si abría los ojos, volvería a ser el hombre distante, frío, lógico que había insistido en un matrimonio de conveniencia, un matrimonio sin amor.

El matrimonio que ella había aceptado. Había logrado convencerse a sí misma de que ésa era la clase de vida que quería. Pero allí, entre sus brazos, se había dado cuenta de que no era así. Había aceptado tan pobre oferta sencillamente porque temía no encontrar nada más y porque era Vittorio quien la había hecho.

Una vida con Vittorio.

¿Cuándo había empezado a amarlo? La semilla de ese amor seguramente fue plantada mucho tiempo atrás, el día que tocó su mejilla y la llamó *rondinella*. Un momento tan insignificante y, sin embargo, en él había visto su dulzura, su compasión, y había esperado, rezado, para poder verlo de nuevo.

Y no dejaría que Vittorio se apartase, no dejaría que aquélla fuese la relación fría que él pretendía.

Pero se preguntó cómo iba a conseguirlo. Había aceptado un matrimonio sin amor, ¿cómo iba a cambiar los términos y esperar que Vittorio estuviera de acuerdo?

Aunque la respuesta era evidente: haciendo que se enamorase de ella.

Y Ana creía saber por dónde empezar.

Vittorio abrió los ojos poco a poco, estirándose perezosamente y sintiéndose más relajado que en muchos meses. Años. Parpadeó para acostumbrarse a la luz poniéndose de lado y, de repente, notó el espacio vacío al otro lado de la cama.

Ana se había ido.

No debería preocuparlo, o dolerle, porque estaba acostumbrado a dormir solo. Incluso cuando mantenía una relación con una mujer se marchaba antes del amanecer. Siempre había sido así y nunca se había cuestionado ni había sentido el deseo de hacer otra cosa.

Sin embargo, ahora se daba cuenta de lo solo que se sentía.

—Buenos días, dormilón.

Vittorio se volvió, aliviado al ver a Ana en la puerta del dormitorio llevando sólo la camisa que él había descartado por la noche. Podía ver la curva de sus pechos bajo la tela, los faldones apenas cubriendo sus muslos. Tenía un aspecto increíblemente femenino, increíblemente sexy. Vittorio sintió que despertaba su deseo y se preguntó cómo y por qué no había compartido cama con su mujer mucho antes.

—¿Dónde estabas? —le preguntó, haciendo un gesto para que se sentara a su lado.

—En el baño —Ana rió, un poco nerviosa—. Anoche bebí mucho champán... para darme valor, imagino.

—¿Estabas nerviosa? —Vittorio sentía curiosidad, no sólo por esa respuesta, sino por todo.

Ella se encogió de hombros.

—Un poco. No se puede decir que nuestro matrimonio sea normal y no quería que la gente... en fin, que pensaran cosas.

—¿Qué cosas?

De nuevo, Ana se encogió de hombros.

—Cosas poco amables.

Vittorio asintió, pensando por primera vez qué diría ese matrimonio de ella. Tal vez que no era lo suficientemente atractiva para un matrimonio por amor. Aunque sería ridículo.

«No estoy interesado en el amor».

En lo que Vittorio estaba interesado era en llevar a su mujer a la cama lo antes posible y tomarse su tiempo para hacerle el amor. Pensaran lo que pensaran los demás, su matrimonio sería absolutamente normal en ese aspecto.

–Sé que es sábado –dijo Ana–, pero anoche hizo mucho frío y me gustaría ir a inspeccionar las viñas.

–Tenemos gente para eso.

–Sí, lo sé, pero yo no le dejo eso a los demás –replicó ella, riendo–. Puede que tú sí porque produces millones de botellas al año...

–Novecientas mil.

Ana arqueó una ceja, burlona, y sus ojos grises se volvieron plateados.

–Ah, perdón. Pero considerando que nosotros sólo producimos doscientas cincuenta mil...

–¿Y qué importa? –Vittorio no podía disimular su impaciencia. Ana sólo llevaba puesta una camisa y estaba a su lado. Y su matrimonio seguía sin consumarse después de una semana de la boda. ¿Por qué demonios estaban hablando de la producción de vino?

–A mí me importa –respondió ella, sonriendo.

Vittorio se preguntó si sabría que estaba coqueteando, seduciéndolo. Pensaba que era insegura, que no conocía su propio atractivo, pero en aquel momento le parecía absolutamente sensual, sexy...

Y le pareció como si hubiera recibido un golpe en la cabeza.

O en el corazón.

En cualquier caso, lo dejó sorprendido.

–Hace un día precioso –empezó a decir.

–Exactamente. Y yo quiero que me enseñes tus viñedos o al menos una parte. Hace muy buen día y no quiero quedarme en casa.

Él sonrió, una sonrisa sensual que no dejaba lugar a las dudas.

–Yo creo que podemos quedarnos en casa un rato más. Ven aquí, Ana.

–Pero...

–Ven aquí.

Ella se sentó en la cama, nerviosa.

–¿Qué quieres?

Su mujer no entendía que la deseaba, pensó Vittorio, apartando un mechón de pelo de su frente.

–¿No te parece que ya hemos esperado demasiado para convertirnos en marido y mujer?

Ana contuvo el aliento.

–Sí, pero...

–¿Pero qué?

–No parecía importarte esperar.

–Sólo porque no quería hacerte daño –Vittorio hizo una pausa, nervioso. Ni siquiera en aquel momento quería reconocer lo que sentía–. Pensaba que debía darte tiempo.

Los ojos de Ana brillaban, alegres.

–¿Y ahora crees que me has dado tiempo suficiente?

–Desde luego que sí –Vittorio acarició su pierna, no podía evitarlo, su piel tenía un aspecto tan sedoso–. ¿Tú crees que hemos esperado suficiente?

–Desde luego que sí –contestó Ana. Y él rió ante tan ferviente respuesta.

–Me alegro.

Ana tragó saliva, incapaz de creer que Vittorio estuviera diciendo esas cosas, tocándola así, el roce de sus dedos despertando escalofríos.

Alargó una mano para tirar de ella y buscó sus labios en un beso ansioso, dejando escapar un gemido ronco de satisfacción que la dejó sorprendida. Parecía sentirse atraído por ella de verdad, tanto que no podía evitar tocarla, besarla, allí por la mañana, a la luz del sol. Ana había querido seducirlo, ponerse un camisón sexy y tomar champán, pero aquello era mucho mejor. Mucho más real.

–Ana... –murmuró Vittorio, besando su cara, su cuello–. Tú hablas de vinos, de producción, y yo sólo puedo pensar en esto...

Después buscó sus labios de nuevo en un beso tan profundo, tan apasionado, que casi la dejó satisfecha, como si aquel beso pudiera ser suficiente.

Vittorio se apartó un poco entonces, pero eso fue suficiente para que Ana se diera cuenta de que no estaba satisfecha en absoluto. Quería más y más.

Y él debió de notar su frustración porque rió mientras acariciaba su estómago, haciéndola gemir, el sonido extraño a sus propios oídos. Apenas podía creer que estuviera sintiendo aquello, emitiendo esos gemidos.

–Voy a tomarme mi tiempo –le prometió Vittorio.

Y lo hizo mientras Ana cerraba los ojos. Pero no pensaba mostrarse pasiva, no podía hacerlo porque también ella quería tocarlo por todas partes. Impaciente, se colocó sobre él y Vittorio puso tal cara de sorpresa que tuvo que reír.

–Llevamos demasiada ropa –murmuró.

–Estoy completamente de acuerdo.

–Entonces, vamos a hacer algo al respecto.

–Muy bien.

Ana tiró del pantalón del pijama, riendo, pero cuando estuvo desnudo se apoyó en un codo para admirar su magnífico cuerpo, fuerte y poderoso, todo suyo.

—Llevo mucho tiempo deseando hacer esto —admitió con timidez, pasando una mano por sus fuertes pectorales.

—Yo también —dijo él, quitándole la camisa—. Y no puedo esperar mucho más.

La tumbó sobre la cama, buscando sus zonas más sensibles con las manos y los labios hasta que Ana descubrió que esperar era lo último que deseaba.

Cuando por fin entró en ella, llenándola, haciendo que se convirtieran en uno solo, apenas experimentó algo más que una leve sensación de incomodidad, pero sólo duró un segundo y después tuvo la maravillosa certeza de que aquello era el corazón de su matrimonio, lo mejor que podría pasar, que podrían compartir.

Más tarde, mientras estaban tumbados en la cama, con las piernas enredadas, se preguntó cómo había vivido tanto tiempo sin saber lo que era el sexo, lo que era el amor. No podía imaginar amar a un hombre al que no hubiera sentido en su propio cuerpo y tampoco podía imaginarse compartiendo aquello con otra persona que no fuera Vittorio.

Él levantó una mano para acariciar sus hombros.

—De haberlo sabido... de haber sabido que eras virgen seguramente habría esperado un poco más.

—¿No sabías que era virgen? —preguntó Ana, divertida—. Yo pensé que era evidente.

—Para ti tal vez, pero mencionaste una relación...

—Nunca llegamos tan lejos —dijo ella. El dolor que solía sentir al pensar en el rechazo de Roberto le parecía lejano, como algo que supiera intelectualmente pero que no hubiera sentido de verdad. Ya no tenía importancia.

—Siento haberte hecho daño.

—No me has hecho daño —murmuró Ana, besando

su hombro y su cara porque ahora que era todo suyo no podía contenerse.

Varias horas después, por fin se levantó de la cama. Le dolía todo, pero su cuerpo parecía estar vivo por primera vez en la vida.

—Ahora, a las viñas —le dijo.

Y Vittorio se levantó, riendo.

—El viñedo siempre será tu primer amor.

«No, tú eres mi primer amor», pensó Ana, pero no se atrevió a decirlo. Porque lo amaba, pero no sabía lo que Vittorio sentía por ella.

Si tuviera algo de sentido común, se habría puesto alguno de los conjuntos que compró en la boutique, gracias a Feliciana, algo elegante y seductor, y le habría pedido a Vittorio que la llevase a Venecia o a Verona a pasar el día. No debería haberse puesto su eterno conjunto de pantalón y blusa blanca ni llevarlo a su lugar de trabajo. ¿Cómo se le había ocurrido?

Pero ella amaba la tierra, las uvas, el sol, era su sitio favorito en el mundo y quería compartirlo con Vittorio.

—Cuando era pequeña, mi padre solía encontrarme dormida entre las cepas —le contó mientras arrancaba un racimo para olerlo—. Las viñas eran un refugio para mí, más que eso. Era como estar en el cielo.

—Como estar en el cielo —repitió él, mirándola con cara de sorpresa. Incluso su voz sonaba extraña.

—¿Pasa algo?

—No, no. Ven aquí —Vittorio tiró de ella y enterró la cara en su pelo—. Me encanta cómo huele tu pelo. Te deseo tanto... vamos a casa, Ana. Vamos a hacer el amor.

Y ella no pudo disimular su alegría.

—¿Otra vez?

—¿Crees que un par de veces son suficientes para mí?

Ana no podía creer que la deseara y que lo dijera con tal claridad.

—No, definitivamente no.

—¿No quieres que volvamos a casa?

—No, vamos a hacerlo aquí mismo.

—¿Aquí? —repitió él, mirando alrededor.

—Sí —dijo Ana, tirando de su mano. Allí, donde la encontraba deseable, sexy, con su camisa y su pantalón, el pelo desordenado por el viento. Allí se sentía segura porque entre las viñas y la tierra era ella misma, no la mujer que llevaba vestidos de diseño y tacones altos para seducir a su marido.

Allí.

Y Vittorio lo aceptó... o tal vez tampoco él podía esperar más porque se quitó la chaqueta para colocarla en el suelo y tumbar a Ana sobre ella. La tocaba casi con reverencia, mirándola con una expresión que Ana no había esperado ver en el rostro de su marido. El suelo era duro y las piedrecillas se clavaban en su espalda, pero no le importaba en absoluto.

Vittorio empezó a desabrochar los botones de su camisa.

—Nunca pensé que el algodón blanco pudiera ser tan sexy —murmuró, inclinando la cabeza para besarla—. Estamos tirados en el suelo, como dos campesinos que no pudieran esperar.

Más tarde, mientras se abrazaban, Ana miró al cielo.

—Nos vamos a quemar, el sol es abrasador.

—No si yo puedo evitarlo —Vittorio se levantó y tiró de ella para tomarla en brazos. Y Ana gritó de alegría. Ella no gritaba nunca y, sin embargo, un ridículo grito juvenil salió de su garganta.

–Ponte la ropa, esposa. Tenemos una cama estupenda en casa y pienso usarla durante todo el día.

–¿Todo el día? –repitió ella, riendo.

Las siguientes semanas fueron las más felices en la vida de Ana. Aunque no hablaron de amor, sus inseguridades se esfumaron gracias al afecto de Vittorio. ¿Para qué hablar de amor cuando sus cuerpos se comunicaban de manera más elocuente y placentera?

Durante el día, Ana se encontraba sonriendo en los momentos más absurdos, mientras firmaba un informe o leía un pedido. A veces espontáneamente incluso soltaba una carcajada.

Vittorio parecía igualmente feliz y la felicidad de su marido la hacía feliz a ella.

Le había contado cosas de su infancia. Le habló de los malos recuerdos, pero también de algunos buenos, como cuando jugaba al billar con su padre o cuando fue a Roma con el colegio a los quince años y se pilló una borrachera.

–Fue una suerte que no me expulsaran.

–¿Por qué no?

–Ya te dije que tocaba el trombón –contestó él, riendo–. Me necesitaban en la orquesta.

Y Ana le contó cosas que nunca le había contado a nadie. Le confesó su amargura durante los negros días tras la muerte de su madre...

–Mi padre estaba desolado y se negó a verme durante días. Se encerró en el dormitorio y no quería ver a nadie.

–Resulta difícil de creer –dijo él–. Parecéis llevaros tan bien ahora.

–No ha sido fácil. De hecho, una semana después de la muerte de mi madre me envió a un internado. Él pensó que sería lo mejor, pero para mí fue horrible. Esos dos años fueron los peores de mi vida.

Vittorio apretó los labios contra la curva de su hombro.

—Los siento.

—Ahora ya no importa.

Y era cierto porque en los brazos de Vittorio no se sentía demasiado alta o torpe; se sentía maravillosamente bella, sexy y querida.

Amada.

No tenía la menor duda de que Vittorio empezaba a amarla también y que los esperaba una vida llena de felicidad.

Capítulo 10

SEIS SEMANAS después de la boda, Vittorio fue a ver a Ana a la oficina.

–No esperaba verte aquí –exclamó ella, levantándose para darle un beso. Pero Vittorio se lo devolvió con expresión distraída.

–Tengo que irme a Brasil otra vez –le dijo–. Hay un problema con uno de los compradores.

–¿Qué tipo de problema?

Vittorio se encogió de hombros.

–No es nada grave, pero sí lo bastante importante como para que tenga que ir personalmente. He venido porque me marcho esta misma tarde, pero volveré dentro de una semana.

–¡Una semana! –exclamó Ana, decepcionada. Una semana le parecía una eternidad.

–El negocio es el negocio, ya sabes –dijo él, con cierta frialdad.

El negocio. ¿Estaba Vittorio recordándole que su matrimonio era un negocio? Ana tragó saliva.

–Sí, claro.

–Te llamaré por teléfono –dijo él, antes de besarla en la mejilla.

Y luego desapareció.

Ana se quedó en medio del despacho, inmóvil, escuchando el rugido del Porsche por el camino. Y luego un sonido más fuerte, los latidos de su asustado corazón.

¿Se había estado engañando a sí misma durante esas semanas? ¿Habría tomado el deseo de Vittorio por amor? Ana se dejó caer sobre el sillón, angustiada. No podía creer que se sintiera tan insegura. Su certeza de que Vittorio la amaba desaparecía con un simple comentario...

Evidentemente, no había estado tan segura como creía.

El castillo le pareció insoportablemente solitario cuando volvió esa tarde, sus interminables pasillos llenos de sombras. Constantia había vuelto a Milán y Bernardo, como era costumbre en él, había salido. Y ella no tenía apetito.

Marco, el cocinero, se mostró sorprendido.

—¡Pero he hecho cena para dos!

—¿Para dos? —repitió Ana, absurdamente ilusionada. ¿Habría vuelto Vittorio? Pero no, qué tontería, en aquel momento su marido estaría volando hacia Brasil.

—El *signor* Bernardo me ha dicho que quería cenar con usted.

—¿Bernardo?

Eso la sorprendió. Pero tal vez, si conocía un poco mejor al hermano pequeño de Vittorio, podría ayudar a solucionar aquel problema familiar. A pesar de la felicidad de las últimas semanas, Ana sabía que Vittorio seguía sufriendo por los amargos recuerdos del pasado. Cuando creía que nadie lo estaba mirando, a veces veía una sombra de dolor en sus ojos...

—Muy bien, Marco. Gracias.

Cuando entró en el comedor, Bernardo se acercó de inmediato para saludarla.

—Ana, gracias por cenar conmigo.

—¿Por qué no iba a hacerlo?

Pero cuando Bernardo la besó en la mejilla tuvo la sensación de que escondía algo.

Bernardo era una pálida versión de su hermano. Era guapo y tenía los mismos ojos de color ónice, pero le faltaba la fuerza, el carácter de Vittorio, su personalidad. ¿Cómo no iba a tener celos de su hermano?

Bernardo tomó una botella de vino que había dejado respirar.

–¿Es de nuestros viñedos? –preguntó Ana.

–En cierto modo. He estado experimentado con una mezcla de uvas –la expresión de Bernardo se volvió reservada–. Pero Vittorio no lo sabe.

Ana tomó un sorbo.

–Pues es delicioso –comentó. Era rico y aterciopelado, con un aroma a frutas y especias–. ¿Por qué no sabe Vittorio que estás experimentando con híbridos? Especialmente si el resultado es tan bueno.

Bernardo sonrió.

–Imagino que te habrás dado cuenta de que Vittorio y yo... en fin, que no tenemos una relación fraternal muy estrecha.

–Sí, claro que sí –asintió ella–. De hecho, incluso me he preguntado si le molestaría que cenáramos juntos.

–Seguramente sí. No porque sea inapropiado, sino porque teme que te ponga en su contra. No le interesa para nada mi opinión sobre la bodega Cazlevara.

–¿Por qué no? ¿Sólo por lo que pasó hace tantos años, cuando tu padre murió? –le preguntó Ana. Él la miró, sorprendido–. Sé que Constantia intentó quitarle su herencia y que tú heredases el título, Vittorio me lo ha contado. Pero eso ocurrió hace mucho tiempo, cuando tú eras un niño.

–Imagino que te habrá contado cómo fue nuestra infancia. Se nos obligó a ponernos de un lado o de otro y al principio nos resistíamos, pero después de un tiempo... –Bernardo se encogió de hombros–. Admito que no fui un chico muy sensato porque los mimos de mi madre se me subieron a la cabeza. Ella me prefería a mí y como mi padre no me prestaba la menor atención... en fin, se lo restregaba a mi hermano por la cara. Además, él tenía el cariño de mi padre y yo quería ponerle celoso con las atenciones de mi madre.

—Y, por supuesto, lo conseguiste —dijo Ana—. Nada puede reemplazar el cariño de una madre.

—O el de un padre. No sé cuál de los dos se llevó la peor parte. Vittorio era el favorito de mi padre, pero a él no lo mimaron, al contrario. Recuerdo que un día, cuando yo tenía seis años, mi padre lo despertó a las cinco de la mañana porque había suspendido un examen de matemáticas. Y le hizo repetir el examen de principio a fin hasta que resolvió todos los problemas. Estuvo horas esforzándose... ni siquiera le permitió desayunar —Bernardo hizo una mueca—. Lo recuerdo bien porque yo estaba desayunando como un cerdo y él no decía nada, aunque debía de estar hambriento. No estoy orgulloso de cómo me porté durante esos años, Ana. Y no me importa admitirlo.

Ella dejó escapar un suspiro. Era una historia tan triste, tan absurda. ¿Por qué Constantia habría rechazado a su primogénito? ¿No se daba cuenta de cómo afectaba a Vittorio ese comportamiento?

Seguramente estaba demasiado cegada por su propia amargura, pensó. La falta de amor de su marido era la semilla de todo.

—¿Y qué pasó cuando tu padre murió? —le preguntó, después de que Marco sirviera el primer plato.

—Para entonces, Vittorio nos odiaba a mi madre y a mí o al menos actuaba como si así fuera. Sólo tenía catorce años entonces y se mostraba amable, respetuoso, pero eso desesperaba a mi madre. Imagino que porque se portaba igual que mi padre, que nunca la había querido. Era amable, considerado incluso solícito, pero nunca la quiso. Era un hombre muy frío.

–Aun así, ¿por qué intentó tu madre desheredar a Vittorio? ¿Sencillamente porque tú eras su favorito?

Bernardo se encogió de hombros.

–¿Quién sabe? Ella me ha dicho que lo hizo porque pensó que, si Vittorio heredaba el título, acabaría siendo un hombre tan duro como lo había sido mi padre y que no podría soportarlo –contestó, sonriendo con tristeza–. Yo quiero pensar que creía estar salvándolo de sí mismo.

Ana levantó una ceja.

–Pues Vittorio no lo ve del mismo modo.

–Ya lo sé. Además, yo empeoré la situación. El plan fracasó y la enemistad de Vittorio quedó cimentada para siempre. Durante estos años no hemos tenido nada que decirnos el uno al otro... –Bernardo hizo una pausa–. No siempre he actuado de manera leal y no me siento orgulloso de ello. Y por eso nuestra enemistad continúa hasta hoy en día y por eso estoy aquí ahora.

–Quieres preguntarme algo.

–Sí –Bernardo respiró profundamente, como para darse valor–. Tú has probado esta mezcla de uvas que es idea mía y como viticultura experta sabes que es buena. Vittorio está decidido a no dejar que tenga autoridad ninguna en la bodega y lo comprendo. He hecho cosas que lamento, incluso siendo un adulto. Pero no puedo vivir para siempre como un empleado de mi hermano. No pudo soportar que se niegue a comercializar esta mezcla de uvas sencillamente porque es idea mía...

–Imagino que Vittorio no sería tan poco razonable –lo interrumpió Ana–. Es un hombre de negocios, después de todo.

–Cuando se refiere a mi madre o a mí, Vittorio es ciego. Ciego y amargado, aunque no puedo culparlo por ello.

–¿Y qué es lo que quieres de mí?

–Tú también experimentas con híbridos, ¿verdad?

–Un poco...

–Si dijeras que esta mezcla es idea tuya, Vittorio la aceptaría.

–¿Y yo me llevaría las felicitaciones?

Bernardo se encogió de hombros.

–Eso no me importa.

Ana miró al hermano de su marido. Parecía totalmente resignado. No tenía la menor duda de que había sido mimado desde niño y que había hecho la vida imposible a Vittorio, pero ahora veía a un hombre de más de treinta años resignado a no ocupar una posición destacada en la empresa familiar. Y esa injusticia le rompía el corazón.

–No pienso aceptar parabienes por algo que no he hecho –le dijo por fin–. Este vino es excelente y tú mereces ser conocido como su creador, de modo que puedes comercializarlo con la marca Viale o, como imagino que sería mucho más satisfactorio para ti, con la marca Cazlevara. Esta pelea entre vosotros tiene que terminar de una vez. Y si Vittorio viera cuánto has trabajado, se convencería.

Bernardo se inclinó hacia delante.

–¿Y qué sugieres entonces?

–¿Por qué no empiezas a preparar una campaña de marketing? Vittorio me ha dado autoridad sobre la bodega mientras él no está en casa, de modo que puedo organizar una reunión con algunos compradores de Milán. Cuando vuelva de Brasil tendrás algo que enseñarle y, a partir de entonces, veremos qué pasa.

Si la amaba, y Ana quería creerlo desesperadamente, Vittorio no se enfadaría.

Los ojos de Bernardo se iluminaron, esperanzados. Y, de repente, parecía más joven, más feliz.

–Lo que vas a hacer es peligroso, Ana, te lo advierto. Mi hermano se subirá por las paredes.

–Esta pelea tiene que terminar –insistió ella–. Yo no estoy mediatizada por las amarguras de la infancia y estoy segura de que Vittorio entrará en razón cuando haya hablado con él.

Había sido una larga semana de trabajo. Los compradores brasileños no parecían convencidos sobre el precio del vino y Vittorio había tenido que usar todos sus métodos de persuasión, cenas, reuniones y catas, para convencerlos.

Pero ahora estaba de vuelta en casa, desesperado por ver a Ana. Cuando la limusina se detuvo en la puerta del castillo, Vittorio estuvo a punto de reírse de sí mismo. Actuaba como un adolescente enamorado. Y lo estaba, pensó. Estaba loco por su mujer y había tardado una semana en darse cuenta de ello.

La amaba y había sentido ese amor cada segundo que habían estado separados. Lo sentía cuando alargaba la mano por las noches y no la encontraba a su lado. Ni siquiera le sorprendía aquel amor que había aparecido por sorpresa. Sencillamente, le parecía bien. Se sentía completo y no se había dado cuenta de lo que se perdía hasta que conoció aquella sensación.

Sabía que Ana lo amaba, lo había visto en sus ojos, en sus caricias. ¿Cómo podía haber estado tan ciego de pensar que no quería aquello, que no lo necesitaba? Ahora no podía imaginar la vida sin ella.

El castillo le pareció extrañamente silencioso, pero

eran las cuatro de la tarde y Ana estaría en la oficina. Se le ocurrió entonces sorprenderla. Le haría el amor sobre el escritorio...

Vittorio tuvo que sonreír al pensar en ello. Primero, iría a su oficina y luego a la de Ana. No podía esperar más.

Estaba mirando el correo que le había dejado su secretaria cuando el director de las bodegas llamó a la puerta de su despacho.

–¿Sí, Antonio?

El hombre lo miraba con una expresión rara, parecía nervioso.

–Señor Ralfino, es Bernardo... Bernardo y la condesa.

Vittorio lo miró, sorprendido, aunque había esperado aquello.

–¿Mi madre ha estado tramando algo en mi ausencia?

–No, no ha sido la condesa, señor Ralfino. Su mujer... sé que usted no quiere que Bernardo tome parte en las decisiones de la bodega, pero ella me dijo que le había dado usted autoridad...

–¿Se puede saber de qué estás hablando?

–Bernardo ha ido a Milán para comercializar su propia etiqueta. Yo no lo supe hasta ayer, pero la condesa lo ha aprobado. Incluso organizó una reunión con los compradores...

–¿Qué? –lo interrumpió Vittorio–. ¿Mi hermano va a vender su propio vino?

¿Y Ana estaba ayudándolo? ¿Habrían planeado aquello mientras él estaba fuera? No podía creerlo, era imposible. Estaba acostumbrado a las mentiras de su madre, pero Ana...

–Gracias por contármelo, Antonio. Yo me encargaré de todo a partir de ahora.

–Le habría llamado por teléfono, pero como la condesa estaba a cargo...

–Lo entiendo, no te preocupes –Vittorio se volvió hacia la ventana para mirar los viñedos de Cazlevara, la fortuna de su familia. Le había hecho el amor a Ana allí, entre las viñas, la había tenido entre sus brazos, la había amado.

Y Ana lo había traicionado.

Intento ser razonable, contener su ira y su dolor y el miedo que lo consumía, pero todo se mezclaba hasta que ya no podía pensar y sólo podía sentir la pena y el dolor que había sentido el día que volvió del entierro de su padre para descubrir que su madre lo había traicionado. Había buscado el cariño de su madre pensando que lo aceptaría, que lo querría incluso, sólo para darse cuenta de que ella lo rechazaba por completo.

Y ahora Ana. Ana lo había traicionado con su hermano, esperando hasta que se marchó de Italia para desacreditarlo. Aquélla era la peor traición de todas.

–El conde de Cazlevara está aquí, *signorina*... condesa.

Ana se levantó del sillón con una sonrisa en los labios.

–No hace falta que perdamos tiempo en ceremonias, Edoardo. Dile que pase, por favor –no podía dejar de sonreír, aunque se había dado cuenta de que su ayudante parecía inusualmente nervioso.

–Buenas tardes, Ana.

–¡Vittorio!

Ana corrió hacia él con los brazos abiertos, pero se detuvo a medio camino al ver su expresión. Y enseguida entendió lo que pasaba: alguien le había contado lo de Bernardo.

—Estás enfadado —le dijo.

Vittorio arqueó una ceja.

—¿Enfadado? No, más bien siento curiosidad —respondió, con el tono frío que usaba antes de la boda. Antes de que se amaran.

Ana respiró profundamente. Se había preparado para esa conversación porque sabía que no le gustaría lo que había hecho, pero confiaba en que su amor lo haría entrar en razón.

Se lo había dicho a sí misma doscientas veces durante esa semana, pero ahora que había llegado el momento y Vittorio estaba a su lado, frío y distante, las explicaciones que tenía preparadas parecieron esfumarse. No quería que su marido la mirase de ese modo, no quería que le hablase como si fuera una extraña.

—Bernardo me mostró un híbrido que él mismo había creado y era muy bueno. Ha estado trabajando con mezclas de uvas, pero tú no lo sabías...

—Qué curioso, yo pensé que sabía todo lo que ocurría en mi empresa. Y, si no recuerdo mal, mi hermano es un ayudante, no un enólogo. ¿O tú lo has promocionado en mi ausencia?

—No, no lo he promocionado —contestó ella, nerviosa—. Yo no haría algo así...

—¿Ah, no?

—Pero sí he permitido que empezase a promocionar ese vino porque es muy bueno —siguió Ana—. Bernardo está en Milán ahora mismo hablando con unos compradores. Había pensado que podríamos incluirlo en el catálogo de otoño...

—No has perdido el tiempo, ¿verdad? —le espetó Vittorio entonces—. En cuanto me di la vuelta te pusiste a hacer planes con mi hermano...

—No ha sido así, de verdad. Aunque entiendo que

desconfíes, yo no soy tu madre y Bernardo ha cambiado...

Vittorio soltó una risa amarga.

—Nada ha cambiado. ¿No crees que tengo razones para desconfiar de mi hermano?

Ana intentó permanecer calmada.

—Bernardo tenía diez años cuando tu madre intentó desheredarte...

—Y veinte cuando intentó sabotear la bodega y desacreditarme ante mis clientes —la interrumpió él—. Y veinticinco cuando estafó cien mil euros. ¿Crees que no conozco a mi hermano?

Ella lo miró, horrorizada.

—Yo no sabía eso.

«He hecho cosas que lamento, incluso siendo un adulto». Bernardo había dicho eso, pero jamás se le ocurrió que pudieran ser cosas tan graves. Tal vez debería haber esperado, pensó entonces. Tal vez debería haber hablado con Vittorio en lugar de querer curar las heridas de la familia Ralfino por su cuenta.

Tal vez había sido una ingenua.

—De verdad no sabía que hubiera hecho esas cosas, pero aun así creo que ha cambiado. Si le dieras una oportunidad...

—De modo que te ha convencido —volvió a interrumpirla Vittorio—. Te ha puesto contra mí.

—No, por Dios. Yo sólo quería darle una oportunidad, pero no sólo por él, sino por ti, por nosotros.

—Por nosotros —repitió él, sarcástico.

—Sí, por nosotros. Porque el odio que sientes por tu familia lo envenena todo. Y te aseguro que Bernardo ha cambiado. Me ha llamado esta mañana desde Milán y las reuniones han ido bien. No está intentando robarte el control de la empresa...

—Eso dice.

—Esta pelea tiene que terminar, Vittorio. Te envenena a ti y envenena nuestro amor.

Lo había dicho, había admitido que lo amaba, el más prohibido de los sentimientos.

—¿Amor? —repitió él, mirándola con frialdad—. ¿De qué estás hablando, Ana?

Ella tuvo que parpadear para controlar las lágrimas.

—Te quiero, Vittorio. Le he dado una oportunidad a Bernardo porque te quiero...

—Ah, claro, como mi madre intentó robarme la herencia diciendo que lo hacía por cariño hacia mí, ¿verdad?

—¿Eso es lo que te dijo?

—Algo parecido, pero yo no la creí.

Ana, sin embargo, empezaba a creerlo. Podía entender el retorcido razonamiento de Constantia, entender que haría cualquier cosa para evitar que Vittorio se convirtiese en Arturo. Y sin embargo, allí, delante de sus ojos, Vittorio estaba cambiando, se estaba volviendo frío, implacable como lo había sido su padre. Se estaba convirtiendo en un hombre al que no conocía.

—No dudo que Bernardo y Constantia te hayan hecho daño, pero esta pelea tiene que terminar. Estás envenenado por lo que ocurrió en tu infancia... los tres lo estáis. Y pensé que, si Bernardo podía demostrar que de verdad le interesaba la empresa, que estaba dispuesto a trabajar, tú podrías empezar a verlo como un igual. Que podríais perdonaros el uno al otro y...

—Ana, por favor... lo que dices es absurdo. No me casé contigo para que te convirtieras en la psicoanalista de mi familia, me casé contigo para que me fueras leal.

Ella parpadeó.

–¿Y esa lealtad significa obediencia ciega? ¿No puedo tomar decisiones por mi cuenta? Tú mismo dijiste que no querías un perrito faldero.

–Yo quería una compañera, una persona que estuviera de mi lado.

–Pero no quieres que me preocupe por el negocio.

–¡No quiero que uses tu influencia para ayudar a mi hermano! –gritó Vittorio–. Me has traicionado, Ana.

–Te quiero –dijo ella, con voz temblorosa–. Te quiero, Vittorio...

Él negó con la cabeza.

–Eso no era parte del trato.

Ana lo miró entonces, intentando encontrar una traza de compasión, de remordimiento. Pero su rostro era firme, implacable. Se había convertido en un extraño, en un extraño terrible.

–Sé que no lo era, pero me enamoré de ti de todas formas. Me enamoré del hombre que creí que eras. Pero ahora –Ana respiró profundamente– ya no te conozco, Vittorio. ¿Es que no me quieres en absoluto?

Él permaneció en silencio, sin mirarla siquiera, y Ana pensó que no podría soportarlo más. Estaba rechazándola, rechazando su corazón, y eso le dolía más que nada.

–Veo que no –murmuró.

Y cuando Vittorio no contestó, Ana hizo lo único que podía hacer: marcharse.

Tan angustiada como el día que murió su madre, salió del despacho y subió al coche. No sabía dónde iba hasta que se encontró en la carretera que llevaba a Villa Rosso.

Se iba a casa.

La villa estaba silenciosa cuando entró, sus pasos haciendo eco por el vestíbulo. Iba hacia la escalera, pero oyó la voz de su padre en el estudio.

–¿Hola? ¿Hay alguien ahí?

–Soy yo, papá.

Enrico salió del estudio y, al verla, dejó escapar una exclamación:

–¿Qué ha pasado, hija? Estás muy pálida.

Ella intentó sonreír, aunque sentía como si todo su cuerpo se estuviera rompiendo en pedazos.

–He descubierto que tenías razón, papá. El amor no es cómodo ni agradable.

Enrico hizo una mueca, pero Ana no podría soportar su compasión en ese momento de modo que, sacudiendo la cabeza, siguió subiendo la escalera hasta la habitación en la que no había dormido desde que se casó.

Vittorio era su marido, pero ya no sabía lo que eso significaba.

Pasó la noche sola, viendo cómo salía la luna y luego desaparecía de nuevo. No pudo dormir y no dejaba de recordar aquellas semanas. A Vittorio besándola, abrazándola, haciéndole el amor en los viñedos...

¿Estaría roto su matrimonio?, se preguntó. No podía creer que la hubiera rechazado de ese modo, que el hombre del que estaba locamente enamorada no sintiese nada por ella...

Apretando la cara contra la almohada, intentó llorar, pensando que las lágrimas la aliviarían. Pero las lágrimas no llegaban. Algunas cosas, ella lo sabía bien, eran demasiado profundas, demasiado dolorosas.

Enrico llamó a la puerta por la mañana, suplicándole que bajara a desayunar.

–Al menos toma una tostada –insistió–. Le he dicho a la cocinera que no hiciese arenques porque sé que no te gustan.

Ana tuvo que sonreír.

–No te preocupes, papá, no tengo hambre. Sólo necesito estar sola un rato.

Necesitaba estar sola para llorar el final de su matrimonio porque estaba segura de que todo había terminado. Vittorio no había ido a verla, no la había llamado por teléfono...

Unas horas después, su padre volvió a llamar a la puerta.

–*Dolcezza*...

–Sigo sin tener apetito, papá.

–Tu marido está aquí y quiere verte, hija.

Ana se incorporó de un salto.

–No quiero verlo –contestó con una voz que era apenas un suspiro.

–Por favor, Ana. Está desesperado por verte.

–¿Desesperado? –repitió ella.

–Desesperado, *rondinella* –escuchó la voz de Vittorio al otro lado de la puerta.

Ana oyó los pasos de su padre, que se alejaba discretamente, y un segundo después, con el corazón a punto de salirse de su pecho, abrió la puerta. Vittorio estaba al otro lado, sin afeitar, con el pelo alborotado, llevando la misma ropa del día anterior.

–Tienes tan mal aspecto como yo –murmuró.

Él alargó una mano para tocar su mejilla.

–Al menos no has llorado.

–Algunas cosas duelen tanto que no hay lágrimas que puedan aliviarlas –respondió ella.

–Oh, Ana... –Vittorio sacudió la cabeza, su voz rompiéndose–. Te he hecho tanto daño. Estaba furioso y la furia me cegó. Lo único que podía ver era tu traición.

–Lo sé.

–No es una buena excusa, ¿verdad?

–No, no lo es.

–Pero es una razón –Vittorio suspiró–. Tengo mucho que aprender... si tú aceptas ser mi profesora.

Ana negó con la cabeza.

–Yo no quiero ser tu profesora, Vittorio. Quiero ser tu mujer y para eso tienes que confiar en mí.

–Lo sé. Sé que debería haberlo hecho, pero no podía pensar...

–Eso da igual –lo interrumpió ella–. Me he dado cuenta de que el acuerdo al que llegamos no funciona para mí, Vittorio. No puedo... no voy a aceptar ese tipo de matrimonio.

–¿Qué estás diciendo?

–Que necesito de ti algo más que tu confianza. Necesito tu amor.

Vittorio la miró en silencio durante unos segundos y ella se preparó para un nuevo rechazo. Pero no llegó.

–Te quiero, Ana –dijo por fin–. Y eso me asusta. Por eso actué como lo hice. No es otra excusa, es la verdad. Lo siento, por favor, perdóname.

Ana no podía creer lo que estaba escuchando.

–¿Me quieres? –repitió, con una trémula sonrisa.

–Te adoro, estoy loco por ti –le confesó Vittorio–. Anoche fue la peor de toda mi vida. Pensé que había perdido lo mejor que había encontrado nunca ¿y por qué? Por orgullo.

–Yo no debería haber hecho nada sin hablar contigo antes, pero pensé que... pensé que podría ayudar a curar las heridas del pasado...

–Y lo has hecho –dijo él–. Cuando te fuiste del despacho me di cuenta de que podrías alejarte de mí para siempre y fue una agonía. Así que hablé con Bernardo y con mi madre... –Vittorio respiró profundamente–. No ha sido fácil para ninguno, pero los tres nos hemos comprometido a solucionar nuestras diferencias. Aún hay mucho que hacer, así que quédate conmigo, por favor. Quédate y perdóname. Eres lo mejor que me ha pasado nunca, Ana.

Ella tuvo que llevarse una mano al corazón, emocionada.

—Y tú eres lo mejor que me ha pasado a mí —le confesó. Era tan increíble, tan maravilloso que la asustaba—. Ayer fuiste tan frío conmigo...

Vittorio tomó sus manos entre las suyas.

—No quiero ser un hombre frío —le dijo, con los ojos empañados—. Te lo juro, Ana. Pero cuando tengo miedo me vuelvo frío porque eso es lo que me enseñaron desde que era un niño.

—Sí, lo sé.

—Pero tú me has cambiado y no quiero ser ese hombre nunca más. Y contigo no lo soy. ¿Puedes perdonarme, *rondinella*? —murmuró Vittorio, acariciando su mejilla—. ¿Puedes perdonarme y creer en el hombre que quiero ser?

Ana pensó en el hombre que la había consolado aquel día, en el cementerio, tantos años atrás. Recordó sus gestos de cariño durante las últimas semanas y recordó lo feliz que se sentía entre sus brazos.

—Tú eres ese hombre, Vittorio. Siempre lo has sido.

Él la besó entonces, un beso dulce y tierno que curaba todas las heridas.

—Sólo por ti —le dijo—. Sólo por ti, cariño.

Ana rió, una risa trémula y nerviosa, porque saber que Vittorio la amaba, que aquello era real, era demasiado maravilloso, demasiado abrumador.

Vittorio tocó su cara de nuevo para apartar una lágrima.

—Es lógico que llores, *rondinella* —susurró.

Y Ana rió de nuevo.

—Pero esta vez lloro de alegría, amor mío.

Si había algo que a él se le daba bien, además de seducir, era controlarlo todo...

¿Qué derecho tenía el millonario argentino Rafael Cruz a pedirle que se acostara con él? En su trabajo de ama de llaves, Louisa Grey se había encargado de la casa de manera impecable, había sabido satisfacer todos sus apetitos... excepto uno...

Ella no había flirteado con él en ningún momento, pero la irresistible atracción que había entre ellos hizo que Rafael estuviera a punto de perder el control...

Mentiras por amor

Jennie Lucas

Acepte 2 de nuestras mejores novelas de amor GRATIS

¡Y reciba un regalo sorpresa!

Deseo™

Del despacho al dormitorio

JULES BENNETT

Años atrás, Cole Marcum había tenido que tomar la decisión más difícil
de su vida: un futuro profesional o el
amor de Tamera Stevens. Y jamás había lamentado su decisión. Hasta
aquel momento, cuando las circuns-
tancias lo obligaron a trabajar con la
mujer a la que dejó atrás.
El brillante arquitecto quería que su
relación con Tamera fuese estricta-
mente profesional, pero trabajar tan
cerca de la única mujer a la que había
amado hizo que Cole tuviera que me-
ditar sobre sus prioridades. ¿Estaba
esa vez dispuesto a elegir el amor antes que su profesión?

La elección del millonario

¡YA EN TU PUNTO DE VENTA!

Bianca™

Estaba decidida a cambiar de imagen para seducirlo…

Beth Farley estaba enamorada de su jefe griego, el apuesto Andreas, pero él la veía como parte del mobiliario de oficina. El hermano de Andreas, el arrogante Theo Kyriakis, tenía un plan. Si Beth fingía ser su amante, entonces Andreas querría lo que no podía tener…

Después de un cambio radical, Beth pasó a ser una mujer despampanante, y su amado jefe cayó rendido a sus pies. Sin embargo, la joven pronto se dio cuenta de que no era a él a quien quería, sino a Theo…

El griego indomable

Kim Lawrence